肥田舜太郎

［増補新版］

広島の消えた日

被爆軍医の証言

影書房

広島の消えた日　†　目次

第一章　破局に向かう日々　広島陸軍病院にて

第二章　広島の消えた日

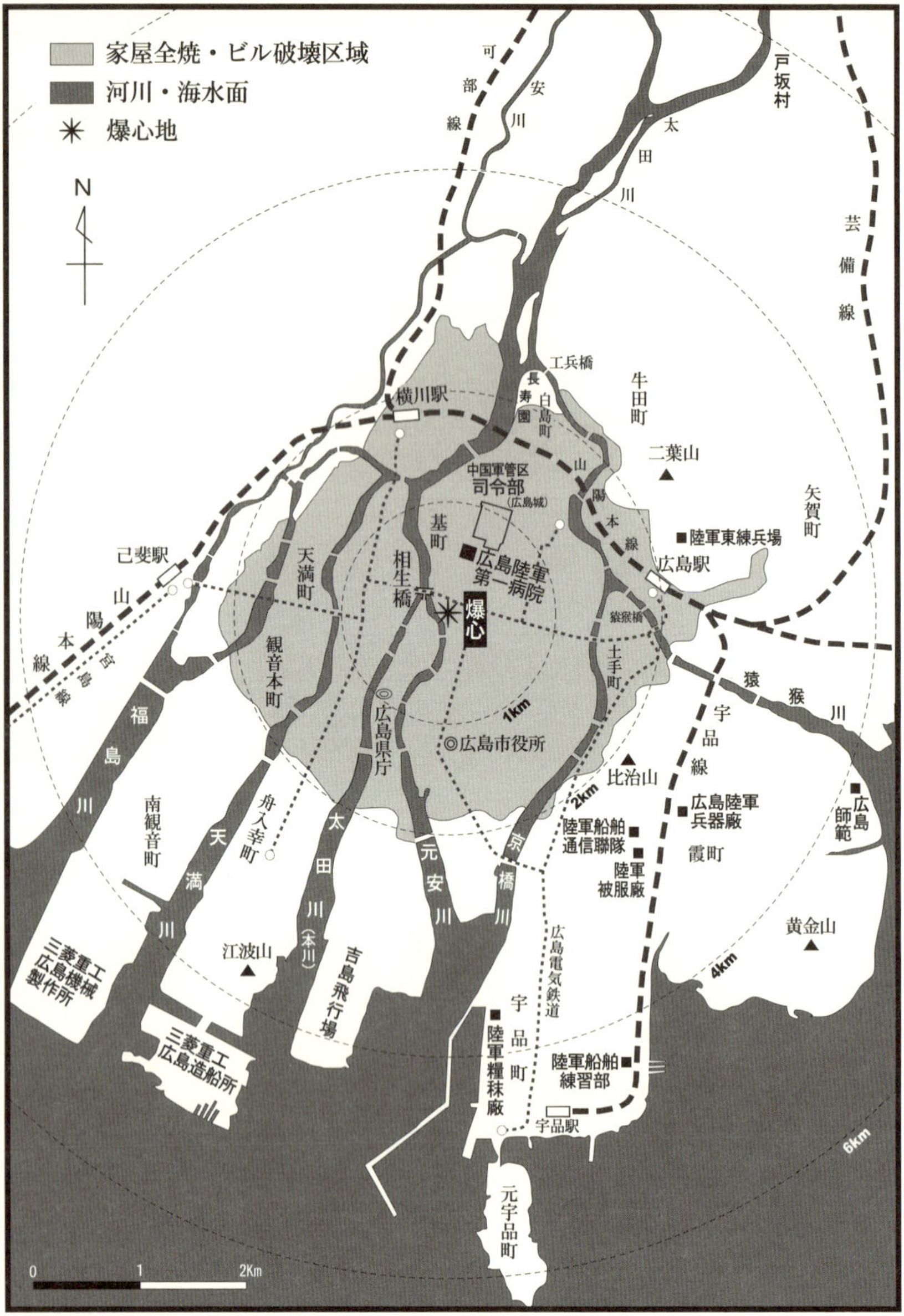

1945年８月６日　広島市概略図

（広島県編『広島県戦災史』、中国新聞社刊『ヒロシマの記録』等を参照し作成）

※原爆の恐ろしさは、強烈な熱線・爆風・初期放射線による大量殺戮・破壊に加え、残留放射線を内部被曝した人々の健康を後々まで侵し続けることにある。

広島の消えた日

被爆軍医の証言

＊本書は一九八二年五月、日中出版より刊行されました。
このたび新版として再刊するに際して、若干のルビ・注を補ったほか、巻末に「被爆者たちの戦後」と題して新たな書き下ろしを増補しました。

第一章

破局に向かう日々

広島陸軍病院にて

著者25歳、岐阜の連隊に召集された頃（1942年）

銃なき軍隊

昭和二〇（一九四五）年一月三日、大本営発表は「敵の有力機動部隊を台湾沖に捕捉し壊滅的打撃を与えたり」と報じた。大本営発表への信頼度はかなり落ちていたが、この際は戦果の大きさよりも敵が台湾沖まで近づいて威力偵察活動を行い得るまでわが迎撃戦力が低下していることが重大だった。フィリッピン・ルソン本島への敵の上陸作戦が近づいていたのである。

案の定、街では「台湾沖まで出てきよるとは敵もなかなかやりよるのう」「連合艦隊は何をしとる。いい加減に出てきて胸のすくように暴れてくれにゃ」と、戦局の推移の核心にふれる言葉が出始めていた。頼みの綱の連合艦隊は年末のレイテの海戦を最後に完全に消滅し去っていたことを国民はまだ知らされていなかった。

こうした戦況を反映して、かねてから噂された軍の大編成替えが行われ、西日本防衛を担当する第二総軍司令部が畑元帥を長として広島に創設された。東練兵場に新設された建物では本土防衛の大動員作戦がもう始動し始めていたのである。

この頃、広島市とその周辺にどのくらいの兵力が集結していたのか正確には分かっていない。主として南方戦線への兵站(へいたん)基地の任を負っていた広島には固有の戦闘部隊である広島師団を中核に、次々と動員、編成される各種の部隊がひしめいていた。その上、制空権も制海権も失なって第一線への補給路を完全に断ち切られた増援、補給の諸部隊が膨大な戦闘資材をかかえたままこの地に釘づけになっていた。日清戦争（一八九四―一八九六）の昔から大本営所在地として名を馳せた軍都広島は、太田川デルタ地帯に呑みきれない軍の集団を呑みこんで、各方面に半身不随の症状を呈し始めていた。もともと、数個師団の指揮能力しかもたない西部軍司令部に、指揮系統も任務も異なる雑多な大集団を統率できるはずがなかった。兵器、弾薬、被服、糧秣(りょうまつ)はもちろん、駐留、滞在、輸送などあらゆる分野にわたって、ある種の混乱と無秩序が発生し始めていたのである。ここ、広島陸軍病院病理試験室がその日、常業務に少しずつ困難を来し始めていたのもそうした情勢の反映に過ぎなかったのかもしれない。

試験室の二本の電話は朝から休むことなく鳴りつづけていた。入口に近い水洗場では数人の衛生兵が女子雇員を交えてシャーレと試験管を懸命に洗っていた。室の一番奥まった一隅では、近藤六郎見習士官が田村伍長を相手に、左手の指の間に挟んだ三本の試験管培地（細菌を育てるための資材）を器用に扱いながらエーゼ（細菌操作に使う細い金属線）を動かして病原菌の植え替えに余念がない。私と尾崎曹長は北側の窓際にうず高く積み上げられた遠藤培地（フクシン色素を使った細菌鑑別用の培地、遠藤滋博士考案）の山に向き合って疑わしい細菌集落の発見に夢中になっていた。

広島陸軍病院の病理試験室は院内の各病室から毎日大量に出される一般臨床検査のほかに、ひろく在広島諸部隊から出される便の培養検査を計画的に処理した上、宇品から出動する部隊の乗船前の緊急検便を優先的に行う任務を負わされていた。全国でも有数のチフス、赤痢発生地である広島から多数の兵員を乗船させる輸送司令部や海軍部隊にしてみれば、たった一名の患者や保菌者を乗船させることがどんなに恐ろしい結果を招来するかを骨身にしみて思い知らされていた。前線で一日千秋の思いで到着を待ち焦がれている貴重な増援部隊が輸送船内でチフスや赤痢のために全滅に等しい状態におちいったり、数少ない船体を消毒のため戦列から外さなければならなかった苦い経験は一つや二つではなかった。大げさな言い方をすれば、広島陸軍病院の病理試験室の細菌検査能力が広島陸軍の作戦能力を左右していると言っても決して過言ではなかったのである。

そうした重要な任務を遂行する上で欠くことのできない細菌培養器の台数が今や決定的に不足していた。このことは私が広島陸軍病院に赴任して病理試験室勤務を任命された日から、すでに問題になっていたことである。

細菌検査を専門学者として取り仕切っている近藤見習仕官が毎日のように主任の更井少佐に培養器不足を報告、緊急に補充する必要のあることを、繰り返し繰り返し要請していた。着任したばかりでよく事情の分からない身であったが、私からも何度か意見具申をしてもみた。しかし、答えは決まって、「戦っておるのは病理ばかりではない。弾丸や食糧が尽きても一歩も退かず奮戦している前線将兵を範として任務に邁進(まいしん)せよ」の決まり文句であった。

やむを得ず一枚の遠藤培地に二名の便を塗沫(とまつ)することで急場をしのいだ。寒天培地のガラス容器の底に外側から墨で線を引き、それを目印にして右と左に半分ずつ、二名の便を塗るのである。培地の表面に生えひろがる細菌の繁殖を容器の外に引いた目印の墨汁の線でせき止められるはずがない。培地に生えた細菌集落の中に疑わしいのを発見しても、それが果たしてどちらの便からのものか判定できない場合が大いにあり得る。大学の教室で細菌学の研究をつんだ経歴をもつ近藤見習士官が学問の基本に反するとして強硬に反対したのを、更井少佐が「命令」で押し切って実施してきた。おかげで数をこなす上では急場をしのいだが、培地に便を塗沫する手技に厳密さが要求されることになり、作業時間が長引いて病理試験室の徹夜作業は今では当たり前になってしまっていた。それが、戦局の急迫とともに部隊の新設と移動が頻繁になるにつれ、期日を切った検便依頼が激増して一台を二台分に働かせた窮余の一策もたちまち故の木阿弥になってしまった。

その上、主任の更井少佐が新年を機に軍医学校へ転出するという事態が発生した。病院内では現役高級将校として強い発言力をもっていた主任を失ない、後任には意外にも一介の新参中尉にすぎない私が任命されたのである。

腸管伝染病を中心とした細菌検査はもちろんのこと、臨床検査一般についても私は全くの門外漢にすぎなかった。しかし、少壮細菌学者として名を馳せた近藤見習仕官を先頭に経験ゆたかな下士官たちに恵まれた病理試験室の日常業務には、何の不安も抱かなかった。ただ、少佐と古参の大尉級で構成される主任会同に列席したり、上級者を相手に職責上、対等にわたり合わねばならない立場に立つことがなんとしても気が重かった。そんなことを考えていた折も折、電話をとっていた下士官の一人が大声をあげた。

「主任殿、庶務主任殿がお呼びであります」

「どこへ」

「庶務室であります」

「よし、すぐゆく」

なんとなく会いたくない相手だった。立ち上がって手洗いを始めた私に近藤見習士官が座ったまま振り向いた。「培養器をたのむ」と、その眼は語っていた。

真冬の淡い陽ざしが弱々しくさしこむ渡り廊下を風がきびしい冷たさを残して吹きぬけてゆく。川面に立つさざ波に凍りつきそうな色があった。すれちがう兵や看護婦の敬礼に折目正しい答礼を返しながら庶務室へ急ぐ私の頭の中には、数日前の夜のことが思い返されていた。

それは私が広島陸軍病院に赴任して初めて上番した週番勤務の最後の夜だった。軍隊とはいうものの病人と女性がほとんどの病院のことだけに、不測の事件が起こる条件は絶えずそなわっているといえる。緊張した一週間がようやく今夜で終わるという最後の夜に後味の悪い事件にぶつかってしまった。

どの病棟にも異常はなかった。ただ、外科のある病棟で当直の主任の姿が見えなかった。代わって報告に立った看護婦が、「ただ今、あのー」と口ごもったのを用足しと早合点して見逃したのが、手落ちと言えば言えたかも知れない。

長い渡り廊下を歩いて伝染病棟へ一歩入った時、何か異様な気配を感じた。入口に出迎えて、「伝染病棟、患者総員〇〇名、異常なし」と報告する婦長の眼にかすかに狼狽(ろうばい)の色を見た。開け放たれた扉の外から一通り病室の中を見渡して歩いたが、どの室にも別に変わった様子は見られなかった。思い過ごしだったのかと次の病棟へつづく廊下にかかった時、案内に立つ婦長の足が止まった。

「あの、ここは点呼をとらないことになっております」

「なぜだ。患者はいるのだろう」

「はい」

「なぜ、点呼をとらん」

「どなたもここへはお入りになりません」

「そういう規則になっているのか」

私は後ろにいる週番下士官を振り向いた。緊張した下士官が黙って首を横に振る。

「なぜ、誰も行かんのだ」

「あの、こちらはハンセン氏病棟になっております」

「ハンセン氏病？……」

はっとした。ハンセン氏病とは癩病（らいびょう）のこと。社会から隔離された軍隊の中の隔離された伝染病棟から更に隔離された員数外の病棟があろうとは夢にも知らなかった。

「点呼をとる。婦長、報告せい」

何かが胸をつきあげて咄嗟（とっさ）に声になった。

「はい。あの、ここで報告いたします」

「病室へはなぜゆかん」

「はい。本日は消毒衣の用意ができておりません。申し訳ありません」

「よし、今夜はここでよい。明朝は正規に点呼をとる」

「はい」

そのままで過ぎれば何事もなく終わっていたはずだった。ところが、婦長が姿勢を正して報告を始めた時、後ろで突然、女の声がした。いや、したような気がしたと言った方がよいかも知れない。何気なく後ろを振り向いた暗闇のあたりで人の動く気配がした。

「あっ、行かれてはなりません」

突き刺すような婦長の声を背に聞いて私は静かに歩きかけた。闇になれた眼に看護婦詰所のガラス窓がにぶく光って見える。その向こうで白いものがもつれて動いた。あっと声を出すひまさえなかった。いきなり中から開かれた扉にあおられて思わず後ろへ下がった前を、風を巻いたように二つの影が走りすぎる。板廊下を鳴らして曲がり角に消えた白衣姿の羽織った紺外套にきらっと主任章を見たような気がする。が、その前を走った大柄な男の背は誰とも分からなかった。

婦長も週番下士官も緊張に身体を小きざみにふるわせている。二人は走り去った者の正体を知っているに違いなかった。

「点呼を終わる。異常は何もなかったものと認める。今夜の噂が流れたら火元は貴官たち二人ということになる。心して口を利くように」

やり切れない胸のつかえをおさえて足を返した。

なぜ、じっとしていてくれなかったのだろう。そっと立ち去る機会をつくる気でいたのである。もし、あの時、週番将校として一言でも声を出していれば、あとへは一歩もひけなくなる。かりに上級将校であっても軍紀を乱した責任は追及しなければならない。しかし、その結果は師団の会報に広島陸軍病院の恥をさらして物笑いの種をまくだけのことである。そんなことで今では珍しくなくなった男女の風紀の乱れが正せるほど生易しい情勢ではなかった。

二人の口を封じておいたのが効を奏したのか、今のところ病院内の噂にはなっていなかった。

そうしたことがあっての今日である。もしかすると庶務の知るところとなって週番勤務の怠慢をとがめられるのでは、と思わず表情が硬くなるのを意識しながら庶務室の扉をひきあけた。

何か噂話にでも花を咲かせていたのか、机に並んだ下士官たちの顔から一せいに笑顔が消えて手元の仕事に面を伏せる。算盤(そろばん)の音がひとしきり高くなった。

「肥田中尉、参りました」

一礼して身を起こした眼の前に戦地帰りの真黒に陽やけした庶務主任の顔があった。

「貴官、院長閣下に何か申し上げたそうだな」

「は、何かとは」

「それをこっちが聞いとる」

「週番勤務の下番申告の時、本官を第一線勤務に出していただくようお願い申し上げました」

「そんなことじゃない。ほかに言ったろう」

「は、病理はどうかとのおたずねに、培養器が足りなくて困っておりますと申し上げました」

「それが余計なこととは思わんか、それぞれ、担当の者が適切に処理をしていることだ」

「お言葉ですが、培養器の足りないのは事実であります。病理は二ヶ月も前に補充の申請をしております。決済をいただかぬと責任がもてません」

「なにっ！」

椅子の背からやおら身体を起こした庶務主任の眉に明らかに怒りの色がみえた。

「お怒りは覚悟で説明をさせていただきます。現在、手持ちの四台の培養器には規定以上の培地をいれておりますし、一枚の培地には二名の培養を行う非常手段をとっております。それでも、毎日の作業量を消化し切れません。緊急出動部隊からの依頼を組みこむ余地がないのであります」

「貴官は一体、誰の命令で仕事をしておる」

私の言葉の切れ目を待ちかねたように主任が口をはさんだ。反問の意味が分かりかねて相手の顔を見つめた途端に、

「誰がそんな仕事を命令したかと聞いとるんだ！」

思いがけない大声がとんできた。

「検査の依頼は師団はもちろん、西部軍司令部からも、直接、部隊からもまいります」

「それがみんな命令か。えっ、本院の命令会報には軍司令部や部隊からの作業命令はのっとらん」

「しかし、前任者の更井少佐殿が」

「その前任者が大体まちがっとるんだ。いいか。貴官は知らんだろうが昨年四月、予算編成の主任会同で病理から出された年間作業計画を全部認めて、培養器二台と兵員四名を増やしておる。それを年度も終わらんうちに何が足りん、かにが足りん、と、そんな根性で戦争がやれると思っとるのか。前線を見い。命令とあらば一個小隊の兵力で大部隊の攻

撃を支えて一歩も退きはせん。だいたい、設備も能力も考えずにやたらに仕事をひろげて、はたの迷惑もかえりみず、点数ばかり上げようとするからこういうことになる。だから、わしは学校出は……」

「好かん」と言いたいのを、そこは言葉を呑みこんだ主任が横を向いて煙草に火を吸いつけた。

「広病（広島陸軍病院）の病理が直属上官でない軍司令部や他部隊からなぜ、直接に検査依頼を受けるのか、本官も不審に思っておりました。事情は前任者の説明で了解しておりましたが、念のため、軍司令部へ出向いて確かめてまいりました。司令部の意向は、近く軍の改編が行われて西部軍直属の病院ができる予定だが、それまでは従前通り師団直属の広病に検査を依頼する。この件は団体長会議で院長閣下も御承知と聞かされました。特に輸送司令部の承認を得た緊急出動部隊からの要請は優先的に処理するようにと念を押されて帰りました。従って、病理が現在、行っております一切の作業はすべて院長閣下の命令と心得ております」

「む……」

「残念ながら細菌培養器もチフス菌も軍人精神をもってはおりません。四台の培養器は四台の仕事しかいたしませんし、チフス菌も赤痢菌も四八時間かけなければ培地の上に集落をつくってはくれません。仰せのように、一個小隊を率いて、敵戦車部隊の進撃を阻止せよとの命令ならいささかもたじろぎませんが、四台の培養器で在広部隊の全保菌者を期日を切って発見せよ、との命令は謹んで返上申し上げます。主任殿は今、設備と能力に見合った仕事をせよと申されました。御命令なら本官は本日只今から四台の培養器で間に合う仕事をいたします。依頼を受けたいくつかの部隊の作業は断ることになります。その結果、緊急出動部隊の乗船計画が狂って輸送司令部や海軍から苦情をもちこまれても、処理はすべて主任殿に計っていただくことになります。肥田中尉、説明を終わりました。帰ります」

待てという言葉の出ないうちに、私は正確に上体を一五度傾けて敬礼を行うと急いで室を出た。

苦闘する四台の培養器

シャーレと試験管を洗う水音とガラスのふれ合う騒々しい響きが今日も試験室の忙しさをかきたてていた。私は山積みにされた遠藤培地を一つ一つとりあげては窓明かりにすかして、赤い色素に抵抗する透明な細菌集落をみつける仕事に没頭していた。

「主任殿」

遠くの席にいた近藤見習士官が大声で呼びかけてきた。凝集反応をのせたガラス板を手にして身を乗り出している。

「一昨日、入院した赤羽部隊の擬似患者は真性チフスです」

「やっぱり。山本大尉殿が症状からみて間違いないと言われていたが」

最悪の事態になった。

「田村伍長。赤羽部隊へ電話して全員の足をとめるように」

「はいっ。すぐに電話します」

「待って下さい。部隊検便をどうします。培養器は一杯ですが」

クレゾールに手をつけた近藤見習士官がタオルに手をくるみながら立ち上がってきた。言われる通り培養器は一杯だった。向こう五日間の作業予定には変更の余地がない。庶務主任を怒らせて無理矢理、院長決済をもらったまではよかったが、かんじんの培養器は広島のどこを探してもなかった。衛材課長が至急、大阪へ手配をしてくれたが、入手はいつになるか見当もつかないという。

「尾崎曹長、似島はどうしても駄目か」

昨日から何度も確かめた問いだったがもう一度、念を押した。

「事情を話して一台あけてもらうよう頼んでみましたが、向こうも、五〇〇〇トン級の船が連続して入港するので一週間はどうにもならないそうであります」

その答えにうなずきながら私は近藤見習士官のところに歩みよった。大学の細菌学教室にこの人ありと注目された少壮学者であった彼は年齢も私の二八歳よりは上で、広島陸軍病院の細菌検索体系をつくりあげた専門家だった。

「実は主任殿には無断でしたが、宇品の船舶部隊に私が教室で教えた男が軍医できています。今朝、電話で様子を聞いてみたのですが、培容器は一台しかなくて逆になんとかしてくれと泣きつかれました。日赤のを修理することを考えてみましたが型式が古くて部品が全然ないそうです。万事休すという感じですな」

「しかし、なんとかしなくては」

「そうです。チフスとは妥協するわけにはゆきません。方法は一つしかないようです」

「どう」

「明日の予定をくりのべて赤羽部隊の検便を優先させることです」

彼は私が反論することを予期しているように煙草に火をつけると、傍らの椅子に腰を下ろした。

「いつも意見の分かれるところですね。二〇三部隊も吉住隊も明後日以後では作戦行動に差しつかえます。今からの変更では、どうしても輸送司令部の配船の都合がつきません」

「それは輸送司令部の決めることでしょう。現在、チフス患者の出ている赤羽隊を処理するのが私たちの任務と考えますが」

「貴官の考え方が正しいことは素直に認めましょう。しかし、今は、何が正しいかではなくチフスの処理と、一度決まった作戦命令を狂いなく実行することの両方を満足させることが絶対必要なのです。広病の情況判断で全体の作戦を狂わすわけにはゆきません」

「しかし、そうだとしても培養器がなくてはどうにもならんでしょう」

「赤羽隊の出動は五日後と決まっています。面会日を一日とっても、明後日の正午から作業にかかれば間に合うはずです。確かに万事休したようにみえますが、まだ時間があります。作業は変更せずにすすめて下さい」

私は無理に自分に言い聞かせるようにきっぱり言い切った。いつからこういう考え方に馴染んでしまったのか。あれほど、馴染めなかった「軍人」にいつの間にかなってしまっていることに無性に腹が立っていた。近藤見習士官はまだ何か言いたそうに私の顔を見つめていたが、そのまま自分の席に戻っていった。二人のやりとりに耳をすませていた田村伍長は受話器をとりあげると赤羽部隊を呼び出しはじめた。

私は遠藤培地の一つをとり上げて、窓外のあわい冬空にすかせて見た。塗りつけたエーゼの跡を忠実に示すように、大腸菌らしい無数の丸い集落が行儀よくならんでいる。宝石にも似た針先ほどのこの小さなふくらみの、色と形と大きさと透明度がほんの少し狂っただけで、一つの部隊の行動が決まり一つの作戦のありようが変わってしまう。こういう事実を大本営は考えたことがあるのであろうか。何台もほしいというのではない。たった一台の培養器があればよいのである。兵器も、弾薬も、被服も、食糧も、足りないずくめの現在、何にも優先して培養器をつくれと主張する気は毛頭なかった。少しずつはつくられていた製品が軍の建制秩序の上級部隊に占有されて、眠っていることに腹が立つのである。私はつい昨年、卒業したばかりの軍医学校の倉庫にいつ使われるのかあてもないまま、何十台もの新品培養器が山積みになっていた光景を思い浮かべた。その途端に、今日の昼間、尾崎曹長とかわした雑談のやりとりが頭のすみをかすめた。

「師団の軍医部で耳にしたのですが、いよいよ、第二総軍司令部が動き出したようですね」

「フィリッピンで負けて、本土決戦の方針が固まったのだろう」

なぜ、そんな話を思い出したのか、気をとり直して次の培地をとり上げようとした私は、思わずその手をとめて立ち上がった。軍医学校と第二総軍司令部という二つの言葉が突然、むすびついて、つい数日前、院長室で偶然、同席した第二総軍の軍医部長の顔を思い出したのである。部長が同期の友人、元吉院長閣下を訪問して赴任のあいさつを行った事実は、総軍軍医部の創設準備が完了したことを物語っている。そうだとすれば少なくとも相当数の培養器が確保されているにちがいない。そうだ。総軍へ行けばなんとかなる、私は眼の前が急に明るくなったような気がした。

「尾崎曹長。私は今から総軍軍医部へ連絡にゆく。尾崎は西部軍の副官に電話をいれて、肥田中尉が総軍の高級軍医に重要な要件でおたずねするとの連絡を依頼してくれ」

「はい」

「近藤見習士官、培養器はおそくとも明後日の午前中には間に合わせるつもりです。それでいいですね」

「はあ、部隊の出発が五日後に間違いなければ、明後日の午後三時にスイッチを入れて間に合います」

「検便の日程は夕方までに出先から電話で指示します。では」

敬礼に立ち上がるみんなを手でおさえて私は靴音高く病理試験室を出た。

つい、この間まで広々とひろがっていた東錬兵場に木造の新しい兵舎が幾棟も立ちならんでいる。物々しく鉄条網をはりめぐらせた一角に歩哨が立哨していた。部隊名も標識もなかったが、ここが畑元帥を奉じた第二総軍司令部である。本土の全軍を東西に二分して大阪から西へ九州全域をふくめた西半分を一括、その指揮下におさめるこの大きな編成替えは密かに、本土決戦を決意した大本営の意志の表明でもあった。

軍司令部の編成はまだ完了していないらしく、運びこまれた梱包のままの資材がそこ、ここに雑然と積み上げられている。その周囲でいそがしく立ち働く何人かの人影を見たが、私は歩哨に聞いた軍医部のある建物に向かって足を急がせた。二階建てのその建物には司令部の各部が雑居しているらしく、経理、衛材、獣医部とそれぞれの室への矢印を朱書きにした張り紙が木の香の新しい廊下の壁にはってあった。

軍医部への案内が眼につかず、右手の受付らしい小部屋をのぞいたが人影もない。ふと、右手の階段の上に足音がした。鍵の手に折れた中段の踊り場に背の高い大柄な将校らしい男が現れた。無帽で丸腰のその姿はこの建物の中の者らしい。階級章が見えないので私は先に敬礼して近寄ると丁寧に軍医部の室をたずねた。「階段を上がって廊下を右に突き当たったところ」という言葉に会釈して上がりかけると、すれちがいざま声をかけられた。

「もしや、広島陸軍病院の肥田中尉殿では」

「はあ、そうですが」

「いやあ、こいつはちょうどよかった。実はこれからお伺いしようと思っていたところです。軍医部で、今、こちらへ見えるかも知れないと聞いたものですから……申し遅れました。京都憲兵隊の岸野少尉です」

「京都の、憲兵隊……」

「最近、上海の特務機関から転属になったばかりでさっぱり様子が分かりません。どうぞよろしく」

「ですが、この私にどんな用件で」

「なにたいしたことじゃありません。先に御用をすませてきて下さい。おすみの頃を見計らって二階に伺います」

私の疑問に答えようとせず、自分の言い分だけしゃべると、岸野と名乗った将校の大きな身体が左手の廊下に消えていった。どう考えても縁のない憲兵の出現が気にはなったが、待っているらしい軍医部のことが私の足を急がせた。二階に上がると、第二総軍司令部というかめしい名にはおよそ似つかわしくない粗末なだだっ広い室に、それでも整然と机が並んで人影はまばらだが仕事はもう始まっているらしい。入口に近い机で書類の整理をしていた小柄な下士官が私の影に眼をあげるときびきびした態度で敬礼した。

「肥田中尉殿ですね。師団からの電話でお待ちしていました。高級部員の会田中佐殿がお会いになるそうです。高級部員殿は中尉殿をよくご存知のようであります」

言われてその名を思い出した。区隊合同演習で中隊長をやった私の指揮に手きびしい批判をした戦術教官の一人だった。

「今、会議室で大本営から見えた参謀の方の講話を聞いておられます。お知らせして参りますから、ちょっとお待ち下さい」

一言も無駄のない応対ぶりに感心しながら待つ間もなく戻ってきた下士官が、どうぞこちらへと先に立った。案内された質素な高級部員室の固いソファに腰を下ろしていると、会議室らしい隣室での講話が板張りの壁越しに聞こえてくる。

ミッドウェイでのわが軍の敗戦を折り目にしてガダルカナル島、ソロモン群島で敗れ、マーシャル群島をも失なったわが軍が、カロリン諸島海域に敵の主力空母部隊を捕捉して雌雄を決しようとした「あ号作戦」も惨敗に終わり、サイパン島守備隊が全滅したこと。更に、グアム、テニアン両島すでになく、西太平洋基地のすべてを失なったわが軍はその抵抗線をフィリッピン、台湾、沖縄を結ぶ内線に後退させて何段階もの決戦に敵をひきこみ一大消耗戦を挑むという構想も、フィリッピン海戦で完敗し、今や、沖縄と硫黄島を両翼の楯として本土決戦に一切をかけることになった、太平洋戦争（当時「大東亜戦争」と呼称）の全貌が語られていた。

「本年こそは皇国の命運にとって重大な年になるでありましょう。第二総軍司令部の諸官の肩に負われる任やまた重し、と言わざるを得ません。御健闘を祈ります」

最後の結びの言葉がいやにはっきり聞こえて、騒然と人が動く気配がした。姿勢を正して待つ間もなく、見覚えのある会田中佐が後ろに見知らぬ将校を従えて室に入ってきた。

「よせよせ、堅苦しいあいさつなぞいらん。どうだ元気か、さ、そんなところに立っとらんで座れ、紹介しよう。こやつは肥田軍医中尉、軍医学校でのわしの弟子だ。今、病院の元吉閣下のところにおる。こちらは総軍輸送参謀の花井少佐だ。わしの妹婿だ。そう、固うならんで、いいから、座れ」

紹介された将校の胸の金モールの参謀肩章がゆれる。型通り目礼して私は早速用件を切り出した。

「簡単に申し上げます。細菌培養器が足りなくて困っております。もし、総軍に手持ちがありましたら拝借させていただきたくお願いに上がりました」

「買ってはもらえんのか」

「品物がありません。大阪へ問い合わせていますが、急の用に間に合いません」

「部員が出張しておって詳しくは知らんが、培養器はいくつかきているはずだ。急ぐのか」

「明日の夕刻までに間に合いませんと、ある特殊部隊の作戦出動に差しつかえができます」

メモを開いて何か調べていた花井参謀が私の言葉に顔をあげた。

「今、特殊部隊と言われたが」

「は、詳細は教えられておりませんが、緊急輸送で出動する赤羽部隊であります」

「赤羽部隊の出動に差しつかえるとはどういう意味か」

「同部隊から入院しました擬似患者が二名、本日、チフスと決定しました。直ちに部隊全員の検便を行って異常の有無を確かめませんと、乗船許可が出せません」

「そりゃ、こまる。海軍がやっと承諾した特別輸送だ。日程が少し狂っても作戦が御破算になる。病院の責任者は誰か」

「証明は元吉院長名で行いますが、実務の責任はこの肥田が負っています」

「見込みはどうなのか」

「今も申し上げたように培養器がなくて見込みがたちません」

「ほかには培養器とやらはないのか」

「現在四台使用していますが、作業予定が決まっていてすぐには間に合いません」

「予定とやらを変更すればよいではないか」

「それはできかねます」

花井参謀がきっとなって向き直った。

「お言葉を返すようですが、例えて御説明いたします。小官はいわば前線の中隊長の立場にあります。部隊長から戦闘任務を与えられ、部下に中隊の任務と攻撃目標を示し、すでに命令を発しました。部下は散開して攻撃中であります。そこへ、たまたま、前線視察中の高級参謀が来られ、異なった攻撃目標を示されました。中隊長は、かりに、それが時宜に適した判断と納得できても、独断で攻撃目標を変更する自由をもちません。初期の目標に向かって前進することが中隊長の本分と心得ます」

「そんなことは分かっておる。この場合は、前線の戦闘とは事情がちがうのだ。赤羽隊以外の部隊行動に多少の混乱が起こっても、それは時間をかければ補いがつく。赤羽隊の出動は一分も狂ってはならんのだ。それでも貴公はやらんとでも言うつもりなのか」

勢いこんだ花井参謀が身体を乗り出すのを会田中佐が手で制した。

「まあ、待て、何もやらんとは言っておらんではないか。やる気があるからこうして総軍まで頼みに来ておる、肥田、そうだな」

「はい」

「よし、培養器は広病にまわしてやる。明日の夕刻までと言っとったな。人手がおらんから届けてやるわけにはゆかんぞ」

「結構であります。明朝一〇時に車をもって受領にあがります」

「花井も安心するがいい。培養器が間に合えばこいつは必ず部隊を出発させるはずだ」

「乗船時刻が守られれば言うことはありません。失礼した」

「いや、自分も言葉がすぎました」

ちょうどそこへ、先ほどの下士官が熱いコーヒーを運んできて、あとは自然に雑談になった。

「花井、こいつはな、軍医のくせに豊橋の予備士官学校におってな、本科の中隊長をやらせてもひけはとらん。わしの教え子だけあって骨があるじゃろう。は、は、は……」

言い出しはしないかと恐れていたことが話題になって私は眉をひそめた。案の定、花井参謀の顔に興味と不審の色が浮かぶ。

「どうしてまた、予備士官学校などに」

「は、少し事情がありまして」

「豊橋といえば私と同期の飯尾がおったはずだが」

意外にも懐かしい人の名が出て話題にはずみがつく。

「飯尾教官殿は肥田たちの区隊長でした」

「なんだ、貴公、飯尾に教えられたのか、どうだ、元気でやっとるか」

「いえ、サイパンへゆかれました」

「なに、サイパンへ、本当か」

「飯尾区隊は第三師団所属の幹部候補生（将校または下士官になるべく、中学校（当時）以上の教育を受けた者から選抜される）で編成されておりましたが、見習士官任官と同時にサイパン島に派遣されると知らされておりました。在校中に遺書を書きましたが」

「じゃ、やっぱり」

「卒業と同時に学校から船団へ直行しました。家族の見送りも許されませんでしたが、私だけは同期のよしみで校庭で別れを告げさせていただきました」

「そうか、飯尾は玉砕したか。いい奴だったが……」

なんとなく重苦しい沈黙が室の中を閉ざし始めた。

大本営参謀の講話をまつまでもなく、陸軍病院では後送されてくる傷病兵の口を通じて個々の作戦の結末がだいたい分かっていた。大本営発表が誇大であったり、時に全くの偽りであっても戦時なら当然と、私たちは割り切って受けとめていた。ところが、士気を鼓舞するつもりの誇大な宣伝は、度重なると事実を知る者にもいつか間違った安心感を抱かせるようになり、情勢判断を大きく狂わす結果を招きかねない。今、こうして戦局全般の推移をまとめて聞かされてみると、この国を押しつつんでいる太平洋戦争の全貌が容赦ない現実として重くのしかかってくる思いがする。と同時に思ってもみなかった戦争への責任のようなものが自分の中で大きくふくれ上がってくるような気がした。

私は時計を見た。長居をすればサイパン島派遣部隊の小隊長要員がなぜ、軍医になってここにいるのか、話は当然、そこへゆきつくことになる。私は思い切って腰を上げた。

「なんだ、もうゆくのか」

「仕事を残してきております。明朝一〇時に参りますから、よろしく」

一礼した私を花井参謀までがわざわざ立ち上がって送ってくれた。

階段を降りながら私はなぜか、説明のできない一種のむなしさを感じていた。困難を一つ解決した満足感が疲労を快く癒してくれてはいたが、際限なく起こる障害を一つ一つ乗り越えるこうした個々の努力が大局的には何の役に立っているのだろうか。

「諸官の肩に負わされる任やまた重し」といった大本営参謀の最後の言葉が妙にしらけて頭に残っていた。

培養器はどうやら間に合うことになった。赤羽部隊は所定の時刻に検便を終えるにちがいない。数百の肉弾を分乗させた何隻かの駆逐艦は護衛の戦闘機も伴わず、広島湾の波を蹴って一路、孤島の戦場へ南下するであろう。私の任務は立派に遂行される。にもかかわらず、胸の底に何かがつかえて残るのである。

戸外に出ると冬日のほのかな明るさが身体をつつんでくる。一休みしたくなる誘惑を振り切るように私は勢いよく歩き出そうとした。

「やあ、先ほどはどうも」

振り返る間もなく相手はもう肩をならべて歩き出していた。戦闘帽の庇(ひさし)を目深に被った岸野と名乗る憲兵である。

「ま、歩きながら話しましょう。あらたまるほどのことではありません」

少し長めの軍刀の鐺(こじり)が黒皮の長靴にからんで音をたてる。私は少し苛だち始めていた。

「失礼ですが、少し急いでいます。用件を聞かせて下さい」

「いや、じゃあ、伺います。近藤見習士官を知っていますね」

「軍医の、広病の近藤六郎ですか、近藤が何か」

「知っていますね」

憲兵独特のたたみかけてくる口調がぐっと胸にきた。

「私の部下です。近藤見習士官がどうかしたのですか」

「別にどうしたということではありません。彼の最近の言動について聞かせていただきたい。大学時代から検疫所長までの近藤については調書がありますが、広島へ召集になってからが分からない。それで……」

「近藤見習士官は広病の病理試験室で細菌検査の専門家として立派に勤務しています。それ以上、何か」

「そんなことを伺ってはいません。たとえば最近の戦局などについて、どんなことを話しているのか……」

憲兵が終わりまで言わないうちに、

「寝る時間をけずっての勤務です。雑談をする暇などありません。そういうことなら師団に正式に手続きされてからにしていただきたい。部下の一身上の問題について無責任に発言はしたくありません」

　気色ばんだ私の語気の荒さに相手はちょっと戸惑った様子で、足元の地面に眼を落としていたが、顔を上げた時には態度が改まっていた。

「そういう出方をされるなら当方もはっきり言いましょう。近藤は学生時代から要注意人物としてずっと特高の監視下にあった人物で、小官がわざわざ京都から出向いているのですから貴官も憲兵隊の業務に協力していただきたい」

　高飛車な言葉尻にむっとしたが、声は一心におさえていた。

「だから、すじを通してほしいというのです。協力になるかならないか、言うべきことがあればその時に申し上げる」

「そう言われるなら今日はこれで引き下がります。念のために申し上げておきますが、妙な庇いだてをされると、貴官にも類が及ばないとは保障できません。注意して下さい」

「御注意は承っておきます。急ぎますから、では」

　なぜ、こんなに意地になるのか自分でもよく分からないまま、暮れかけた広島の街並に向かって急ぎ始めた。そう遠くない日に、やがて、本土が戦場になろうかという今、近藤見習士官の言動がそんなにも重要なことなのだろうか。毎日、顔を合わせている彼には、細菌学者としてのきびしさ以外に、とりたてて不審を抱くようなことはなかった。何かあるのだろうか。

憲兵が現れようとは夢にも思わなかった近藤見習士官の素性が、それほど不審にも不安にもならない自分に疑問を感じる余地がないほど、私は疲れていた。

往くもの、送るもの

総軍からの援助で培養器の不足が解消し、赤羽部隊は真性チフスの二名を残して予定通り宇品港から出動していった。明けても暮れても、部隊検便の毎日がつづく。そんなある日、軍医学校から更井軍医少佐の公用封筒が届いた。「戦局ますます苛烈を極める折、諸官一同、御健闘のことと拝察いたし候」「連日の空襲下、身をひきしめて任務を遂行いたし居れば……云々」「さて」、という本文にかかって思わず座り直した。要件は、最近始めた少佐の研究に広島陸軍病院の病理研究室として手を貸してほしいという依頼だった。培地の製造に欠くことのできない肉汁エキスの不足を解決するため、牛肉の代わりに藁を処理したエキスを使用して好成績をおさめたので、別紙の要領に従って各種の藁を使った実験を広病で追試してくれというのである。東大医学部で実験の結果、有望という保証を得たとも書き添えてあった。追試ということになれば責任もあるし、それ相応の人手と資材と時間が必要になる。今の病理試験室の体制では不可能に近かった。多忙な試験室を知りぬいている上で無神経に頼んでくることへの不満というよりも、ガソリン不足に松の根を掘って油をとるという最後のあがきが、とうとう藁をあさるところまできたかという情けなさが胸を塞いだ。

私は近藤見習士官の席まで歩いて黙って手紙を机の上におくと、自席に戻って培地の選別をつづけた。しばらくして見習士官が、忙しそうに試験管を操作しながら話しかけてきた。

「藁を使った実験は今までもいくつかありますが、成績はどれもよくありません。二年前にドイツ陸軍がやった詳しい報告がありますし、私の教室でも大分前にかなりいろんな藁を使って実験した成績を報告しています」

「駄目なのですか」

「生えることは生えますが、コロニーが小さくて病原性の選別が肉眼では困難なのです。いろんな添加材を加えて工夫してみましたが、うまくゆきません。研究としては興味があるでしょうが、実際には危険度が高くて採用できません」

「東京帝大で保証したとありますが」

「軍の言うことですから適当なあいさつをしたのではないですか。軍医学校ににらまれると後が祟りますからね。真に受ける方がどうかしていますよ」

「しかし、学問上のことだったら相手が軍医学校でも、まさか」

「日本の学者の半分でいいから学問に本当に忠実になってくれていたら……」

言いかけた言葉を近藤見習士官はそのまま仕事の中に呑みこんでしまった。頭の中で先日の憲兵の姿がちらっとかすめて消えた。

「分かりました。どちらにしても今の病理には無理です。断わりましょう」

「いや、それでは主任殿の立場がお困りでしょう。私の教室の資料を一部送っておきます。たしか手元にまだ残っていますから」

「やっても無駄と言われたと受けとりますよ」

「学問のきびしさは強調してしすぎるということはありません。いいかげんな成績をもとに、以後、全面的に藁培地を使用すべし、なんていう命令を出されちゃ細菌が可哀相です。腹をへらすのは人間だけでたくさん」

思わず、顔がほころびた時、

「主任殿、総軍からの電話です」

総軍からとは妙だなと思いながら手にした電話器から洩(も)れる声は花井参謀だった。

「もしもし、私だ、花井参謀、分かるか。今、鬼部隊の検査をやっとるだろう。いつ終わる」

「これから確認培養に入りますから、明朝一〇時過ぎになります」

「こまる。予定が変わった。今夜、証明書がいる」

「無理です。部隊からはチフスの保菌者らしいのが二名出ています。もしもし、いえ、保菌者、そう、保菌者です。本人は健康体ですがチフス菌を出す。え、はい、駄目です。確認は明朝一〇時でなければできません。はい。チフスに間違いないと思います」

「二名だけだな」

「はい、他は異常ありません」

「よし、すぐ部隊へ連絡してその二人を残すよう手配をとれ、こちらからも軍を通して手は打つ」

「それは無理です。保菌者は疑いだけでは隔離できません、断わられればそれまでです。もしもし、もしもし」

電話は切れた。事態は一変した。検便の結果を待たず部隊は今夜、緊急出動する。出陣で極度に殺気だった中で「保菌者」を、しかも、「疑」だけで残すことを承知するだろうか。切り札は乗船証明書の発行を拒否する以外にない。

総軍からまわしてもらったサイドカーの上で「緊急公用」の腕章を腕につけながら嫌な役ばかりを負う羽目になる自分につくづく愛想がつきていた。人気のない通りを高速度で飛ばした車が目指す小学校の塀について曲がると速度をおとして校門を入った。歩哨が慌てて駆けよってきたが、車上から公用章を見せるとその場で捧げ銃の姿勢になる。部隊はもう校庭に整列して服装検査の最中で校内はごったがえしていた。

部隊本部のある校舎の入口で私は中から出てきた将校を呼びとめた。

「広島陸軍病院院長、元吉閣下の代理で緊急連絡に参ったもの。部隊長殿にお会いしたい」

相手は大尉だったが軍医少将閣下の代理が物をいった。校長室へ案内される。現れたのは副官だった。

「隊長殿は来客中なので私が承る。副官の相馬大尉」

「広病の肥田軍医中尉、院長閣下に代わって申し上げます」

「緊急連絡というのは」

「鬼部隊吉原隊からチフスの保菌者が二人出ました」

「なに、チフスの保菌者、誰ですか、それは。おいっ、誰かおらんか、吉原隊の准尉を呼んでこい。編成名簿を持って本部へすぐ来るように、すぐにだぞ」

当番兵が飛び出していった。間もなく大柄の将校が現れた。隊長らしかった。

「准尉が見当たらんので自分が参りました」

「御苦労。貴官の隊からチフスの保菌者が出たという連絡だ」

「誰ですか、それは」

「名簿を見ていただきます。検便番号吉原隊、七番と三一番、以上の二名です」

私は検査名簿の控えを開いて差し出して言った。

「直ちに隔離します」

「部隊と一緒につれては行けんのですな。で、診断書は」

副官が催促するように手を出した。私は胸のかくしから封筒に入れた診断書をとり出した。

「氏名が分かりませんから番号で書いておきました。そちらで入れていただきます」

受け取った副官が事務的に眼を走らせたが不審そうな顔で私に向き直った。

「チフスの保菌者の疑いとなっとるが」

「現在は疑いですが明日の一〇時には決定になります」

「まだ決定ではないのか」

「確認培養がすむまでは法規上、決定にはなりません」

「未確認じゃ話にならんではないか。こっちは忙しいんだ、軍医の道楽の相手はしておれん」

短気らしい隊長が足をかえそうとした。

「お待ち下さい。船中でチフスが出て全滅してもいいと言われるのですか」

「しかし、疑いというのは要するに分からんということだろう。かも知れん、で大事な部下を残してゆけるかっ」

「疑いというのは学問上の約束ごと、二名は明日の朝には、間違いなく本物になります」

「明日のことなど誰にも分からん。二名どころか船もろとも全員が吹っ飛ぶかも知れんのだ。残すことは絶対に承知せん」

「副官殿に伺います。隔離はしていただけるのですか」

「隊長があいう以上、気の毒だが」

「では、部隊長殿にお伝え下さい。鬼部隊は今夜、全員乗船できません」

「なにっ」

「本官は病院長代理として、感染の恐れのある保菌者を除外しないかぎり乗船許可証を発行しません」

「貴様っ、正気で」

「冗談で言えることではありません。鬼部隊吉原隊にチフス保菌者二名あり、と輸送司令部に報告してあります。本官が隔離の確認をしない限り部隊は岸壁で一歩も動けなくなります」

一気に言うと傍らの椅子をひきよせて座りこんだ。一瞬、痛いほどの緊張が室内にみなぎる。

「しかし、扱い上、どうする。書類不備では処理しにくい」

「ご心配いりません。総軍の輸送参謀と西部軍作戦参謀には了解を得てあります。疑いのままで隔離されて結構です」

副官の顔に救われたような表情が浮かんだ時、隣室との境の扉が開いて軍装の部隊長が現れた。一同が立ち上がって姿勢を正す。

「今、総軍から電話があって事情は了承した。二名の者は直ちに隔離させる。出発するからすぐ、証明書を発行してもらいたい」

整列を告げる鋭い号令が校庭のあちらこちらで響きわたった。完全武装の兵が騒然と銃を鳴らして、校庭に緊張がみなぎる。私は速度をあげるサイドカーにゆられながら、途方もなく無駄なことをしているような気がしていた。

その夜、満天に星を散りばめた宇品の岸壁に、私は鬼部隊の出陣を見送った。完全軍装に身を固めた兵が岸壁を下る狭い石段に一人一人消えてゆく。どの顔も石のように固かった。大きくゆれる船に飛びうつる後ろ姿は、もう個性や感情をもつ人間のそれではなく、戦場で消耗される肉弾の一つ一つでしかなかった。誰も口をきかなかった。人間の言葉のいらない部分品の葬列のように見えた。部隊の最後を日本刀を斜めに負った中野軍医中尉がゆく。最後に石段を降りながら右手で軽く会釈して船に飛び乗った。船尾に激しく白波を盛りあげて、ごう音とともに船が岸壁を離れた。目深く被った軍帽の庇の下から私に向けられた中尉の眼にいいようのないきびしい色を見た気がして胸がつまった。

鬼部隊編成に入っていた軍医が三日前に急病で倒れ、急遽、その補充が広島陸軍病院に要請された。人選は難航したと聞いている。野戦行きに適した若手将校はもう何人も残っていなかった。結果は誰もが予想しなかった伝染病棟の中野中尉が選ばれたのである。すでに二度も野戦勤務に上番して大陸を転戦した経歴があり、年齢ももう若いとはいえない。しかも、赤痢に明るい有能な臨床医として伝染病棟には欠くことのできない人材でもあった。

全く突然の動員下令に中野中尉は顔色一つ変えなかった。駆けつけた家族とわずか一日の別れを惜しんで淡々と任務につく彼に私は贈る言葉も口から出なかった。各科兵種の混成という特殊な編成といい、装備の様子といい、明らかに風雲急を告げる離島への緊急補充部隊と思われる。万に一つも生還の可能性は期待し難かった。

もし、それを奉公と呼ぶならすでに充分以上の責任を果たした彼が選ばれ、なぜ、戦地勤務の経歴のない若い自分が残されるのか。そんな不合理が平然と行われることに無性に腹が立って、私は今にも大声で叫び出しそうになるのをこらえながら、明け初める海の彼方に次第に小さく消える船影に向かって痛くなるまで手を振っていた。

「よくやった」

いつの間に来たのか、花井参謀が後ろに立っていた。

「そんなことより、自分こそが行くべきだった、と申し訳なさで一杯です」

「貴公は出してはもらえんな。師団も西部軍も放しはせんさ。いずれ本土決戦になる。指揮のとれる将校をどこもが欲しがっているのだ」

「硫黄島への増援はまだ行われると聞きましたが」

「これが最後だろう、あそこはもう潜水艦でも近寄れん。そうあせるな。死ぬ機会はまだいくらもくる。では、元気でやれよ」

真白な歯が笑って霧の中へ消えていった。

一つの「いのち」

昭和二〇（一九四五）年三月も半ば近く、南に面した窓からは街の家並を越して形のよい広島城の黒い天守閣が眼に飛びこんでくる。あたたかな陽ざしが斜めに差しこんで、寝台を覆う白布が痛いほど明るかった。

中野軍医中尉が欠けたあと、伝染病棟の欠員を埋めるやりくりがつかず、当分の間、私が病理試験室との兼務を命じられた。

伝染病棟主任の山本軍医大尉は口数は少ないが温厚な人柄で患者はもちろん、看護婦からも兵からも信望が厚かった。臨床経験の浅い私の、しかも兼務であることを配慮して山本主任は重症者が少なくて長期療養患者がほとんどの、結核病棟を選んでくれたのである。

患者はまだ静かな寝息をたてている。酸素吸入器がセットされて、呼吸は比較的平静だったが、顔は一日で死期の近さを思わせる特有の彫りの深さを見せていた。当直将校に奇異の感を抱かせた長髪はきれいに分けられていて、眼にも鮮やかな鼻すじの高く通った凜々しい顔だちだった。私は窓辺に立ってしばらく様子を見ていた。枕元の壁にかけられた上衣は国民服ともつかぬ見馴れぬ型をしている。荷物らしいものはベッドの脇につるされた図嚢以外に何もなかった。

「起こしましょうか」

脇に立って酸素吸入器の調節をしていた看護婦が小さい声で言った。その気配に患者が眼を開けて不審そうにあたりを見まわした。

「眼がさめましたね。ここが分かりますか」

酸素マスクを外して声を出そうとした患者が咳にむせんだ。看護婦が咄嗟にガーゼでその口を覆う。真白な布に鮮やかな血の色がにじんだ。

「声は出さないで、苦しくはないですか」

「大丈夫、眠ったためか今朝は生きかえったように気分がいい」

よく透きとおるすんだ声だった。訛りはない。眼の上の吸入器を見上げたが邪魔そうに顔をそむけて私の方へ向き直った。

「脈拍七六。整。体温三七度四分。呼吸数二二」

看護婦が報告する。

「昨夜からずっと徹夜だろう。ここは私がいるから向こうへ行って少し休め。それから、看護主任に来るように」

「はい」

看護婦は酸素吸入器の供給栓を少し締めると、喀血（かっけつ）にそなえた膿盆（のうぼん）の位置を私に眼で知らせてベッドの裾の毛布の乱れを直してから、一礼して室を去った。

「病棟担当の肥田中尉です」

胸元の名札に眼をやった患者が小さくうなずく。

「さて、昨日は緊急入院でとにかく収容しましたが手続きの件で少しおたずねしなければなりません。苦しければ後にしますが」

「大丈夫、口はまだきけるつもりです」

私は椅子をひきよせるとカルテを開いた。

「所属と官等級、氏名からどうぞ」

「特務機関要員、陸軍少佐」

「部隊名のような所属機関名は」

「ないこともありませんが、通常名乗らないことになっています」

少佐は眼をつぶっていた。

「軍の内部にも秘匿（ひとく）が必要なのですね」

答えはない。

「氏名は」

声が途絶えたまま時間が経過した。苦しいのかと顔を見たが本人は私の足元に眼を落として何か考えているようだった。

「いや、失礼した。どの名前にすべきか迷っているのです」

「え!」

「陸軍には私のような身分のものが何十人かいて、みな、本名をもちません。機関には番号で登録されていて、外部には時に応じていくつもの名前を使います。戸籍は死亡になっています。過去の私はもう実在していません」

淡々とした言葉だったが、背中に水をかけられた感じがした。

「お手数をかけて申し訳ない。相良欣三として下さい。大正二年八月二日生まれ。三二歳です」

相良と名乗ることに感慨でもあるのか、私より四歳年長の少佐は眼を閉じたままだった。

「前病院から転送となっていますが大連の陸軍病院へは入院だったのですか」

少佐は黙って顔を横に振った。

「転送として書類がつくられていますが、名前もないし病歴もありません。『この状持参の者、転送患者として入院せしめられたし。大連陸軍病院長氏名、印』とあって庶務では扱いに困ったようです。診療は受けておられたのでしょうね」

「それが、受けてはいません。不審はもっともですが、任務上公然と軍の機関に出入りできない立場にありました。書類は大連の特務機関が緊急に用意してくれたものでしょう」

「では、広島陸軍病院が転送先になった理由は……なぜ広島へ」

「私の希望です。死期が近いと知って飛行機で直行しました」

ぐっと胸がつまった。

「分かりました。やめましょう。これ以上お聞きしても無意味のようです。ただ、陸軍病院への入院には規定の手続きが必要です。あなたの場合は、『軍人、軍属にして病院長、入院を必要と認めるもの』という例外規定を適用する以外方法がありません。責任は一切、私が負うことになりますが、二、三お聞きしておきたいことがあります」

私はカルテを伏せると姿勢を正して向き直った。言い難いことだが言わねばならなかった。

「第一、貴官が軍人、軍属であることを証明する方法があるかどうかという点です。貴官の仕事の関係すじからどのような問い合わせがあるやも知れません。当方として誤りなく対処するためにも伺っておきたいのです。なければ、ないとはっきりおっしゃっていただきます。第二は、貴方の症状が悪化した場合、どちらへ連絡すればよいか。第三は、これは大変申し上げにくいことですが職務上、お聞きしておかねばなりません。もし、不幸な転帰（病気の経過のゆきつくところ）をとられるような場合、……」

あとはさすがに口にしかねて言い淀んだ。少佐が笑ってすぐ後をひきついだ。

「行き届いたご配慮をいただいて、やはり、広島へ来てよかったとつくづく思います。第二、第三の点から先にお答えしましょう。もっとも、今すでに気息えんえんという状態なのでしょうが、私の症状が悪化しても、どこへも知らせていただくところはありません。所属する機関にはすでに死期の近いことを知らせてありますし、天涯孤独、親兄弟はもちろん、妻子もありません。死後は面倒でも広島の無縁墓地にでも埋めていただきましょう。戸籍を消した時に偽の遺骨が郷里の墓地に埋葬されているはずです。どこで、どんな死に方をしようと後悔しないと誓って飛びこんだ仕事でしたが、人間、死期が近づくと人なみに娑婆っ気が出ると見えて、昔、育った想い出のある広島へなんとなく舞いもどってきてしまいました。太田川の水音の聞こえる、どこかの端に埋めていただければ幸いです」

疲れたのか少佐は一寸、息を切って眼を閉じた。聞いているだけで私は脇の下にじっとりと汗をにじませていた。

「問題の第一の点ですが、私は戸籍上、すでに死亡していて、ここにいる私には軍籍はおろか、国籍もありません。陸軍軍人であることに偽りはありませんが、証明する方法は皆無です。所属機関に問い合わせる機会があったとしても恐らく答えはないはずです。こういう厄介な身体を持ちこんで本当に申し訳ないと思っています」

軽い咳の発作が起こって少佐は手にしたガーゼで口を覆った。今度は血の色はなかった。私はすっかり当惑していた。少佐の言葉に嘘があるとは思わなかった。特殊な諜報（ちょうほう）組織があることは私もうすうす聞いていたし、あっても不思議でない戦時である。ともかく、本人の言葉を信頼する以外に方法はなかった。しかし、陸軍病院に収容した患者は、その転帰の如何にかかわらず師団司令部と原隊に公報で報告しなければならなかった。原隊の明示ができない少佐を庶務や師団がどう扱うか。信頼するのはよいとして、手続きの上で行きづまるのである。

「昨日の場合は放り出すわけにゆかない重症で緊急入院処置をとりました。今日はあらためて、病院の規定に従って扱う必要があります。このままでは庶務が承知しないでしょう。説明を省略するには少し細工がいります。一切、まかせていただけますか」

「おまかせします」

扉にノックの音がした。

「看護婦主任、参りました」

よし、と言おうとした私を相良少佐が眼で止めた。

「ちょっと、相談したいことがありますが」

「ちょっと、待て」

「はい、あの、病理からお電話で、あと、どのくらいで戻られるかと」

「すぐ行くと返事してくれ」

私は時計を見た。仕事がぎっしりつまっている。

「答えにくいことを承知で聞きますが、私はあと、何日くらい生きていられますか」

私は言葉につまった。気休めの言える表情ではない。

「精密検査もすまないうちにそんなことは申し上げられません」

「遠慮しないで下さい。見られる通りの状態です。少し書いておきたいことがあるのですが、お答え次第で計画をたてますから」

胸に針をさされる思いがして、これ以上留まっているのが苦痛になった。

「どちらにしてもお急ぎになった方がいいでしょう。主任の山本大尉殿は結核の名医ですが、治療に対しては厳格な方ですから」

私は眼を伏せて静かに頭を下げた。


数日たった。

仕事の都合でほとんど自室で昼食をとることの多い私が、相良少佐の身分について主任の山本大尉と打ち合わせるため、珍しく将校集会所へ出かけた。問い合わせるところもない少佐の軍籍は偽造する以外に方法はなかった。私は偶然、名前と消息を知っていたビルマ派遣軍所属の某部隊を相良少佐の原隊に仕立てることにした。部隊は派遣軍もろともすでに消滅してしまっていて問い合わせるすべはなかった。山本大尉の隣に座って食事に箸をつけながら、私は事の経過を説明し、了解を求めた。治療の時期をはるかに通り越して手のつけようもない相良少佐の症状について、

「絶望的ですね。とにかく、輸血を少しつづけるように。できれば思い切って気胸をやってみてはどうでしょうか。X線写真では癒着が案外なさそうです。カルテにスケッチは書いておきました。むつかしい手続き上のことは庶務とよく相談するように、万事、まかせます」

丁寧な指導を受けて立ち上がろうとした時、いきなり正面の席から元吉院長に名を呼ばれた。

「滅多に顔を見せんが今日はちょうどよい。一つ、意見をのべて見い」

「はっ、なんでありますか」

そういえば庶務主任が熱心にしゃべった後だった。

「なんだ、話を聞いとらなんだのか。広病の防空態勢の強化について意見が聞きたい」

私は一瞬、こまったと思った。フィリッピン戦に敗れ、サイパン、テニアンを奪われて以後、特に、昨年の暮以降、全国各地への敵の空襲が熾烈(しれつ)となり、すさまじい絨毯(じゅうたん)爆撃の被害の状況が広島にも伝えられていた。広島陸軍病院の将校集会所でも、昼食時には病院の防空態勢の強化をどうするかが毎日のように話題になっていたのである。

身をいれて聞いてはいなかったが耳を通りぬけた庶務主任の話の大要は分かっていた。しかし、戦地の経験もなく空襲の体験も少ない私には確信のある意見の言えるはずもなかった。

「遠慮するな、みんなに聞いとる」

重ねての催促に仕方なく口を開いた。

「地上からの敵襲であれば庶務主任殿の御意見通り『旺盛な軍人精神を発揮して勇猛果敢にたたかう敢闘精神』こそが第一であることに異論を唱えるものではありません。しかし、敵機による空からの攻撃とあっては対空砲火をもたぬ陸軍病院の防空戦闘には限界があることを考慮しなければなりません。特に最近の大編隊による絨毯爆撃という情況のもとではいかに工夫をこらしてみても被害を僅少にとどめることは、かなり困難と思われます。東京、大阪、九州の経験では壕の中におってさえ全員が焼死、爆死している例が、多数報告されています。兵站基地病院として多様な任務をもつ本病院は、長期療養患者の治療部門など軍の対空戦闘行動にとって負担となる部分については一刻も早く地方分散をはかり、戦闘能力の強化をはかることが急務と考えます。終わります」

出入り商人の暗躍と、一部有力将校の抵抗によって、未だに疎開の準備さえ始めることが出来ないでいるとのもっぱらの風評を意識して、平素の不満がそのまま意見になった。もともと戦闘を主任務としない病院部隊が多くの重症患者をかかえて敵の空襲にそなえる有効な手段は、あらかじめ敵の攻撃目標の圏外に身をおく以外にない。在広部隊の中でも経理、衛生材料、糧秣など、主として後方勤務を任とする各部隊はいち早く周辺の農村に争って疎開先を物色し、すでにその大半は市内を離れていた。陸軍病院だけが市街地の中心部に広大な施設と多数の傷病兵をかかえて動く気配さえ見せないことに、ようやく不審の声が高まり始めていたのである。

予想通り、元吉院長の臨席から庶務主任が口を開いた。

「若手将校にも似合わん言葉を聞く。この頃、疎開、疎開と、疎開さえしとりゃ戦いに勝ちでもするようなことをいうが、疎開だけで敵に勝てはせん。陸軍病院は民間病院とは訳がちがうんだ。逃げ隠れしとりゃいいという訳にはゆかん。B29だろうがなんだろうが喰らいついても落とすくらいの旺盛な敢闘精神を病院中にみなぎらせることが何より第一だ。貴官のような若い者が先頭に立ってくれにゃごまる」

争うつもりは毛頭なく、そのまま黙って立ち上がる機会を待っていた。

「どうだ。庶務主任はああ言うとる。意見はないのか。反論してみい」

ゆきがかり上、やむを得ず言葉をつぐことになった。

「主任殿の言われる通り、疎開は被害をあらかじめ避ける手段であり、戦闘に勝つ方法ではありません。しかし、病院は、傷病兵を一日も早く恢復させ、軍の戦闘力の復元をはかる部隊であって、戦闘を主たる任務とはいたしておりません。避けられぬ敵襲とあらば帯剣（たいけん）一本でも最後の一人となるまで闘うべきであることはもちろんですが、対空戦力皆無の病院が市街の中心部に膨大な施設を擁（よう）して敵機の好餌（こうじ）となる愚をあえてする必要はないと考えます。疎開によってあらかじめ難をさけ、病院本来の任務である疾病と戦傷の速やかな恢復をはかることこそ急務であると確信します」

「敵はこっちが逃げ出すまで待っとりゃせん。今夜にでも来んとは限らん。軍医が疎開、疎開と騒ぐから患者がみな腰ぬけになりおる。身体の動く者は壕も掘る、担架もかつぐ。それが軍隊の病院だ。学校では教えなんだか」

よほど、軍医学校が憎いと見えて〝学校出〟が、また飛び出した。

「お言葉ですが、小官が病棟をおあずかりする間は、伝染病患者の壕掘りだけは御容赦願います。仕事がありますので行かせていただきます」

一礼して顔をあげた前で院長の眼がうなずいたように見えた。

防空演習と「相良少佐」の死

昭和二〇（一九四五）年三月も半ばをすぎた一七日、硫黄島守備隊全員が玉砕して戦局の様相は激変した。本格化した本土決戦の準備の進行は、連日広島を通過して西へ走る軍用列車の数にはっきり現れていた。三月中旬に策定を終わった「決号作戦準備要綱」に基いて沿岸配備を任とする一八個師団の第一次動員令が発動していた。

本土を二分した東西の指揮組織は上部機構の改変をだいたい完了していたが、下部の戦闘序列は未だ編成替えの最中だった。西部軍司令部が廃止され、新たに出発した方面軍司令部はその下部組織である師管区司令部の発足が遅れ、新編成と旧編成の混在する機構の中を命令は数々の混乱を起こしながら、能動的な局部にだけ伝達されていた。

そんなある日、突如、防空演習の警報が院内に鳴り響いた。重症患者をかかえる病院にとって、平時態勢から防空態勢への移行は実戦さながらの緊張が要請される。

「全員、作業をつづけながら聞け」

編上靴にはきかえて巻脚絆（まきぎゃはん）をつけながら私は各自に命令を下し始めた。

「近藤見習士官、警報下の病理の指揮をとれ」

「はいっ。近藤は病理の指揮をとります」

「尾崎曹長は危険物の格納に全力をあげよ」

「はいっ、尾崎は危険物を格納いたします」

「肥田中尉は伝染病棟の指揮をとる。全員直ちに持ち場につけ！」

「尾崎、たとえ、院長閣下でも危険区域には足をいれさせるな」

各自の動きを一わたり見渡して私は廊下に飛び出した。人影が乱れる営庭を一気に駆けぬけて伝染病棟に走りこむと、担架を並べた前に折敷（おりし）けの姿勢（右の膝を曲げて腰をおろし左膝を立てた身の構え）で看護婦が待機している。婦長が指示をしていた。

「あ、中尉殿、只今、指示を終わりました」

「一言、私から注意する。みんな、あわてるな、患者を爆弾から守っても病状を悪化させたら陸軍看護婦の名に恥じる。間違っても疎漏（そろう）のないように。注意は終わり。すぐ位置につけっ」

各班長のきびきびした号令で担架をかかげた班がそれぞれ担当する病室に散ってゆく。

「山本主任殿は」

「重症病棟を廻っておられます」

「相良少佐殿は」

「昨日、書き物を終えられてさっぱりされたとか、今朝、看護婦がひげをそって差し上げました。少し呼吸困難があるようで、今、主任が行っております」

書き終えたという言葉が少し気になったが病室を訪れる時間はなかった。

婦長の報告を聞きながら私が腕の時計に眼をやった時、階段に激しい足音がした。

「婦長殿！　相良少佐殿が喀血(かっけつ)されました」

「すぐゆくっ、輸血と止血剤の用意を」

婦長の差し出す聴診器と白衣をわしづかみにして私は一気に階段を駆け上った。駆けつけた時は、寝台から床にかけて一面の血の海を見た。相良少佐は私の姿を見かけると蒼白な顔を動かして何か言おうとしたが、声は激しい咳にむせて一言も出なかった。真赤な血がほとばしるように口からも鼻からも吹き出した。

「ものを言うんじゃないっ」

すぐ脈にふれたが、指先にこたえるその力はすでに糸のように細かった。

「強心剤と止血剤の準備、すぐ輸血、一人は酸素を」

響きに応ずるように主任が足背(そくはい)（足の甲）の静脈に輸血針をさして固定する。婦長が酸素の栓を開いて少佐の顔の上にマスクをかざした。私は左手で脈にふれながら右手の聴診器をはだけた少佐の胸におしあてた。心音は遠い村から風に運ばれる祭太鼓の響きに似て、耳をすまさねば聞こえぬほどにかすかに命をきざんでいた。主任が手早く薬液をつめた注射器を差し出す。私が細い肘静脈にようやく刺入した時、けたたましい空襲警報が廊下に鳴り響いた。各病室に人声と物音が騒然として、一斉に退避行動が開始された。婦長と主任が無言で私の顔を見上げたが、私は片手で脈にふれながら片手でカルテを開いて記載を追った。几帳面な山本大尉の字で所見が詳細に記入されている。X線のスケッチに合わせて、「右上葉巨大空洞、壁薄く誘導気管支明瞭、肋膜、横隔膜に癒着なし、対側上葉から下葉にかけて小指頭大病変散在するも硬化の傾向著明、気胸、可能性大、近く試験的に実施の予定」とある。数日前、食堂で気胸をやってみてはと言っていた山本大尉の言葉を思い出した。もし気胸が可能ならばこの大出血をおさえることができるかもしれない。出血さえ止めれば……私の決心はすぐ決まった。

「すぐ気胸の用意」

「針の消毒はすんでおりますが、器械は階下の準備室にあります」

「すぐとってくるんだ」

「査閲官の一行が御到着の時刻と思いますが」

「誰が来ようと気胸器がいるんだ」

躊躇している婦長を押しのけて看護主任が室を飛び出した。

「命令違反になりますが」

「違反であろうがなかろうが軍医のやることは一つ、出血を止めることだ、恐ろしければ婦長は壕へゆけ」

「いえ、中尉殿がおられるなら私も動きません」

婦長が吹き出すような喀血を大きなガーゼで押しぬぐう。私は血だらけの指で少佐の右胸を露出し、慎重に打診し始めた。間もなく息をきらせた看護主任がかかえてきた気胸器をセットする。始動して異常のないことを確かめて、私は打診音の明澄な部位を選んで気胸針をつきさした。薄い胸壁をつらぬいて、ややかたい肋膜の抵抗を一押しすると針先が肋膜腔に入ったことを示す指標の水銀柱が勢いよく上下動を始める。癒着はないらしい。眼を閉じた相良少佐が小きざみに咳を繰り返した。口を覆うガーゼの厚さが見る見る血に染まる。私はゆっくりと送気管のコックを開いた。特有の音が小気味よく鳴って、静かに下降する水面が鮮やかに空気を肋膜腔に送り始める。

U字管の片側の水銀柱がはね上がって、意外な高さで微動を始めた。

「十分もたてば出血は止まる」

誰に言うともなくつぶやいた時、廊下に荒々しい靴音が鳴った。婦長と看護主任が緊張した眼をあげたが、私は夢中で水銀柱の動きを見つめていた。

「何をしとる、空襲警報が聞こえんのか」

庶務主任の怒声が入口から飛びこんできた。私は相良少佐の蒼白な顔を見ながら聴診器を押しあてた。二〇〇ccの空気の圧力が効を奏し始めたのか、出血は止まったかに見えたが、心音はまさに消失寸前だった。

「強心剤」

「貴様っ。防空司令の命令が聞けんのか！」

手近にいた婦長を蹴ちらかさん勢いで庶務主任の土足が室内へ踏みこんできた。身をさけた看護主任が輸血針の先を押さえたまま寝台によろける。血液を運ぶゴム管が大きくゆれた。

思わず振り向いた眼に怒りに蒼白になった庶務主任の顔があった。その後ろで師団長を交えたいくつかの将校の緊張した眼が注目してくる。

「臨終です。御容赦下さい」

丁寧に言ったつもりだったが、うわずって言葉にならない。

「退避するんだ」

肩をつかんで引き倒そうとするのを身体をふってはねのけた時、それまで眼をつぶっていた相良少佐がかっと両眼をひらいた。その眼は庶務主任を鋭く見据えて何か言おうとした。のどが動いて、むっ、とうめいた口から真赤な血があふれる。それを最後に、頭ががっくり枕におちて動かなくなった。私は血だらけの指で少佐の眼をおし開いた。綺麗な二つの瞳に、小さく私の顔がうつっていた。

「十三時〇四分」

時計を見て時間を告げると私は静かに死者の瞼を合わせて型通り聴診器をあてた。わずかな期間、ふれ合ったにすぎない人だったが、私には生涯忘れ得ぬ一人になるだろうと思った。誰も口をきかなかった。

演習の終わりを告げるラッパの音が早春の土をはって響きわたった。どこからともなく一斉にわっと喚声があがる。すぐ、あちこちで集合を告げる伝言が聞こえ始める。私は暗くなり始めた夕闇の中で患者を病室に運ぶ担送作業を見て廻った。築山の間をぬって堤防に出る。まんまんと水をたたえる太田川の流れの上にはややといくつかの星の光を見た。大きな声でどなり出したい衝動を私はひと時必死でこらえていた。

演習査閲官の講評は本館裏の中庭で行われた。病棟勤務の一部をのぞいて広島陸軍病院の全兵力が整列していた。私はその最前列に立って講評の内容に全神経を集中して聞いた。

相良少佐の臨終を看取った私の処置が命令違反であったことに疑いがない。あの場合、動かせば直ちに患者の生命を断つことになったであろうこともたしかである。命令違反を承知であえて退避を行わなかった私の処置を査閲官がどう講評するか、当然、下されるであろう私への処罰よりもその内容に興味があったのである。

「最初にのべた通り、今回の演習が予告なしの挙行であったにもかかわらず、全体として防空態勢はよく訓練されていたものと認める。細部にわたってはなお、改善を要する点がいくつかあるが、以下、その点について講評を行う。

まず、防空壕の整備についてであるが、一部をのぞいては良好とは言いがたい。地形と太田川の水位の関係もあって困難な条件のあることは了解されるが、大部分の壕に掩蓋(えんがい)（入口の覆い）がないことは至急改善を要する。素掘りのままでは大型爆弾の爆風に対して防御効果の全くないことが九州の爆撃の経験で明らかになっている。また、壕内に水のたまっている例もあり、退避した患者の中には空襲警報下に壕外に出ていた者が二、三あった。責任者の一層の留意を要請しておく。

次に警報下における士気についてであるが、大部分の者が壕内に退避してももっぱら警報の解除を待っておったように見うけられた。最近の敵は長時間にわたり、反復して攻撃を行うを特徴としておる。その間に、負傷者の発生、重症患者の症状の悪化など、病院の性格上、当然予想される諸種の任務のあることを忘れてはならない。今後はこの点について警報下の作業訓練を合わせて行うよう幹部の工夫を望みたい。この点、伝染病棟においては壕の中に藁、砂、板などをしきつめて保温をはかるなど、収容する患者の体力保持を考慮にいれたゆきとどいた整備が行われた上、軍医、婦長の指揮のもとに重症患者の介護、仮繃帯処置、被弾下における壕と壕の間の連絡など実戦に即した訓練が行われておった。指揮官の旺盛な戦闘精神と独創的な工夫のあらわれとして評価したい。

最後に、陸軍病院のもつ特殊性から発生したと思われる非常に稀有の事例に遭遇したので若干の意見をのべておきたい。空襲警報発令直前に危篤におちいった重症患者を処置しておった軍医が退避命令を無視して治療を続行した例である。患者は大喀血を繰り返し、治療は困難を極めたと見うけた。従って警報と同時の担送は恐らく困難であったものと推察される。にもかかわらず、本官は軍医の判断は誤っていたと断ぜざるを得ない」

一瞬、場内に「おっ」というようなざわめきが起こった。

「自己の治療する患者の生命を自ら手を下して奪うに等しい行為を軍医がなし難いのは当然である。しかし軍医の判断の誤りは本日の演習を演習として意識した点にあるものと指摘しなければならない。戦場ではおのずから別途の道を講じたというなら弁解である。

実戦を想定して身を処す訓練に励むのが演習でなければならない。また本日の場合患者が不幸にして短時間で死亡したが故に退避は時間的に間に合ったとの強弁があり得るかも知れない。しかし、それは偶然の所産であって、もし、患者の死亡がなお数分、数十分遅延したなら軍医はもちろん、看護婦ともども敵の集中爆撃にさらされたものと判断せねばならぬ。被弾、火災の発生、家屋の倒壊など、身を避ける方途のない木造病舎内でなお患者の治療を続行し得るや否や、戦争は時に心を鬼にするの決断を軍医に要求するものである。一人の患者の生命を守るもさることながら、皇軍の戦闘力保持の上に占める軍医、看護婦の比重の重きに思いをいたして当該軍医の自戒を望みたい。しかし、緊急時の判断に誤りがあったにせよ、傷兵の生命をあずかる軍医として最後の一瞬まで任務の遂行に挺身した行動は査閲官をはじめ目撃者一同の等しく敬服するところ、広島陸軍病院の平素の教育、訓練の成果として深甚の敬意を表明するとともに、砲煙弾雨のもと生命を危険にさらす皇軍将兵にとって衛生班諸兄の献身的な活動こそが何にも増しての支えであることを思い、ますますその任に精進されんことを願っておく。

今日、かかる事態の発生をみた遠因は、病院の性格上当然発生を予想されるこれらの問題についてあらかじめ十二分の検討を行うことなしに、警報発令と同時に退避せよとの行動命令のみをもって演習を企画した病院幹部に若干の反省の要あるものと思考せらる。軍医の命令違反を処分して事態を糊塗することなく、本日の貴重な経験を教訓として今後はかかる事態に際して軍医、看護婦が遅怠なく任務に邁進し得るよう病院長以下の諸官に一層の工夫を要請して本官の講評を終わるものとする」

期せずして、ほっとした溜息のようなものが中庭にあふれた。私の判断を誤りとしながら、同時に、軍医が命令違反を犯さざるを得ないような演習の企画そのものにも非ありとしてその罪を相殺し、最後に、悪条件のもとで生命を救うことに全力をつくす軍医、看護婦の努力に賞讃をおくって講評は終わっている。誰の作文なのか、まことに耳に快い美文調だったが、私の胸にはどうしても納得できない不満が残されていた。

一人の軍医の誕生

四月一日附をもって私は広島陸軍病院教育隊付に転出が内定、同時に近藤六郎見習士官が軍医少尉に任官して病理試験室主任に就任した。三月がもう終わろうとするその日、私は近藤少尉の任官のお祝いと、当分は顔を合わす機会のなくなるお別れ会をかねて市内の某所でささやかな酒席をもうけた。何もかもがないないづくしの御時勢だったが、夫人の実家が造り酒屋という近藤少尉のおもたせの酒で二人はしたたかに呑んだ。呑むほどに酔うほどに話題は自然、敗北に近づいてゆく戦局のことに及んだ。

「最近あったことだけ見ても、たとえば中野中尉が三度目の野戦行きになって私が残されていること。誰が考えても現在の病院にとって赤痢の専門家の中野中尉が私なんかよりはるかに大切なのは自明の理でしょう。その上、この間の査閲官の講評もそうです。長々と述べられたけれど中味は要するに、『一人の患者の生命より軍医と看護婦の方が皇軍の戦闘力保持の上では大切』、『空襲警報と同時に患者を放り出して逃げろ』ということにもなるでしょう。戦争は時に心を鬼にするの決断を軍医に要求するもの、とも言いました。時にではなく、常にじゃないですか。全力をあげて治療した傷病兵は『治癒』と判定されるや否や、再び戦場に送られて死に向かわせられる。軍医の仕事って一体、何なのです」

むしゃくしゃしていた胸の中のわだかまりが酒の勢いもあって生のまま口を出た。私だけがしゃべって笑顔で合槌をうちながら盃を重ねるばかりだった近藤少尉が、ようやく口を開く。

「いつか、赤羽部隊の緊急検便の時、他部隊の検査を止めて赤羽隊を優先させるべきだと私が申し上げた時、主任、いや、もう主任殿ではないのですね、中尉殿は病理の判断で戦局の推移を狂わせてはいけない、命令は無条件で遂行するという立場を主張されましたね。たまたま、総軍からの援助があってあの時はうまくゆきましたが、もし培養器が手に入らなければ、結果は私が申し上げた方向で処理せざるを得なかったでしょう。中尉殿は今、動員の人選にしても空襲警報下の救急治療に対する考え方にしても道理にかなってない、と抗議されながら、病理試験室の日常業務の中では合理的な提案を精神主義的論理で退けられる。御自分が矛盾しているとは思われませんか」

盃の酒にさも美味(うま)そうに唇をつけてじっと見つめてくる近藤少尉の視線に何時もにないものを感じて私は少し戸惑いながらしばらく言葉を探していた。

「もう一つ聞かせて下さい。先日の将校食堂での中尉殿と庶務主任の防空態勢強化論争です。庶務主任は軍人精神、敢闘精神昂揚論、まさに精神主義の権化でした。これに対して中尉殿は対照的な疎開論、まさに合理主義そのもののように見えます。ように見えるという意味は、疎開論、必ずしも合理的とはいえないからです。中尉殿も御承知のように病院には医療機関として必要ないろいろな機能が総合されていなければならない。こまぎれに切り刻んでばらばらに分散させたのでは、たしかに被害は防げますが病院としての機能はなくなってしまう」

「じゃ、このままここに居座っているべきだと言われるのですか」

「そうは言っていません」

「でも、疎開が駄目とすればこのままということになります」

「二つのうちどちらかしかないと考えればそうなります」

疎開でもない、居座るのでもない、そんな方法などあるはずがない、と眼をあげた私の前で少尉が急に居住まいを正すと意外なことを言い出した。

「私の意見はあとで申し上げます。その前に一つ質問させていただけませんか。以前から是非、お聞きしたいと思っていたのです。中尉殿はなぜ、職業軍人、いや、失礼、現役の軍人になられたのですか」

やっぱりそのことか、と思った。職業軍人という言葉には明らかに軽侮の響きがある。少し親しくなると私は決まってそれを聞かれるのである。

「ものの弾みでそうなりました」

「どういう意味ですか、それは」

「偶然という意味です」

「それでは分かりません。少なくとも生涯を軍人として過ごそうと決意されるにはそれなりの根拠があってのことと思いますが」

「そうあらたまられると答えにくくなります。聞きたいと言われるならお話ししますが、その前になぜそんなことに興味をもたれるのか、そのわけを教えて下さい」

「不思議だからです。中尉殿が病理試験室へ来られた日から、なぜ、あなた、そう、面倒だから今夜はあなたと呼ばせて下さい、あなたのような方が、現役軍人になられたのか不思議でなりませんでした」

「私のどこが不思議なのです」

「それには少し長い説明がいります。思い切って話してみましょう。私は職業軍人には大別して二つの型があると思っています。一つは『一死をもって大君に帰一し奉る』式の滅私奉公型。もう一つは『軍人をもって生活の方便となす』式の商売人型です。たとえば、いや、個人を例にあげるのはやめましょう。あなたにもすぐ思いうかぶはずです。『われこそは天皇陛下の股肱の臣』と言わんばかりの厳粛、端正な立居振舞。この型の軍人は何か事が起こると必ず『死んでお詫びを』と公言します。責任感を誇大に示すことによって巧みに責任を回避するのです。死を口にする責任感が強ければ強いほど、彼の責任は直属の上官に波及します。上官は同じようにその上の上官に。こうして次々と上の階級に移される責任は最後には最上級者である天皇に集中します。天皇は一身では負い切れない全軍からの大責任を万世一系、皇祖皇宗の無限の彼方に放出してしまいます。世界に比類を見ない精巧無比の見事な無責任体制の中で、この型の軍人は一途に『陛下のおん為に』を唱えながら、もっぱら自らをより上の権力に近づける立身出世のために粉骨砕身します。

もう一つは商売人型。この型を私たちの周りで見つけるのはそう難しいことではありません。兵隊の給料を一日遅らせて銀行利子をかせぐという例の有名な経理のおえら方にいたってはその最たるものかも知れません。名を棄て、実をとる。恥も外聞も一切お構いなく、手に入る限りの実利をかき集めます。名誉のいらない軍人に責任の二字はありません。この場合は前者とちがって責任は必ず下級の者に押しつけられます。軍隊はちょうど求心性の知覚神経を切断して遠心性の運動神経だけを残した動物に似ています。『責任をとれ』という押しつけだけは上から下へ確実に伝わりますが、『嫌だ』という抵抗は絶対に上には伝わらない仕組みになっています。彼は命令系統の頂上にこそいませんが、『走れ』という彼の命令に、釘を踏んで『痛い』と訴える自由を持たず、血を流して走る足の裏の数には事欠かない地位には座っています」

誰かに聞かれればその場で憲兵隊につき出されるような近藤少尉の話だったが、あまりの比喩の見事さに私はつい聞きほれていた。

「この二つの型は一見、正反対のように見えますが、立派な共通点をもつ点で同じなのです。一方は立身、一方は実利、ともに人間の欲望を追求する点で全く変わりありません。ところが、あなたを見ていると、何を目的に軍人を職業として選ばれたのか、それが分からない。だから、お聞きしたいのです」

そこで言葉を切った少尉は、私の反応をたしかめるように煙草に火をつけて、じっと私を見つめていた。私にはすぐに口をきく言葉も見つからなかった。

「いま、軍服を着ている将校は私をふくめて、いつかは死ぬことになるかも知れないと漠然とは覚悟をしているはずです。しかし、あるいは自分だけはなんとか、とあてにならない可能性をあてにしていることも事実です。だから死ぬ確率の多い機会からはできるだけ遠ざかろうとします。『武士道とは死ぬことと見つけたり』という封建社会の戒律をどう巧みに教育しても、生身の人間を死ぬ機械に変えることはそう簡単にはできないことです。わが国の軍隊は『一死をもって皇運を扶翼し奉る』として人間性の否定に建軍の基礎をおいています。それが事実はどうでしょう。否定したはずの軍人の人間性は、『立身』『実利』という人間本来の欲望を軍隊の中に無制限にもちこんで、軍隊を『人間そのもの』の集団につくりかえているとは思いませんか。それなのに、あなたは普通なら避ける方が正しいと思われる場合でも、より困難な、より犠牲の大きい方へことさらに自分をさらそうとされるように見える。病院に来られたその日から師団司令部に前線部隊への派遣を申請されるし、庶務主任にことさらに逆らって、戦地派遣要員に立候補される。あなたを見ていると、まるで、自殺をしに軍隊へ来られたように思えてならないのです。それでいて少しも捨て鉢な暗さがない。それが知りたいのです」

長い説明を終えて少尉は冷えた酒を茶碗にあけて口に運んだ。軍隊の階級の威力で押し通ることのできない人間の厚みをしみじみと感じさせられていた。憲兵の姿が頭の隅のどこかでちらちらとしてもいた。

「なぜ、職業軍人にというあなたの問いは、私が自分の意志でその道を選んだという前提に立ってのことと思いますが、少しちがうのです。事実は、あなたが召集という絶対命令で無理矢理ここにつれてこられたのと同じように、一兵卒だった私には拒むことのできない軍命令で職業軍人の道へつれこまれたのです。本来なら起こらなかったであろう事故が偶然に起こってしまったのがそのきっかけになったので、さっき、ものの弾みと言いました。もし、その偶然がなかったら私は今頃、サイパン島守備隊の小隊長として島のどこかに骨をさらしているはずです。こうして生きながらえている私が、あなたの言われる職業軍人としての責任の自覚も意欲もなしに現役将校という肩書だけつけてこの戦争の責任の一端を担う立場に立っている。そういう自分がたまらなく嫌なのです。二年間、兵隊から将校への連日連夜の鍛練のおかげで戦争の部分品としての役目を果たす能力は十分にできています。だから、外から見れば毎日、事もなげに軍務を処理しているように見えるのでしょう。そういう自分がたまらなく嫌なのです。だから、一日も早く前線へ出て戦争のつづいている間に始末をつけてしまいたいのです。戦争が終わればあなたは人間に戻れるけれど、私には一生、この軍服を脱ぐ自由がもうないのですから」

重苦しい沈黙がしばらくつづいていた。私は酒にもあきて、手元の割箸の紙袋を巻いたり伸ばしたりしながら、近藤少尉が何か言い出すのを待っていた。時計はもう九時を少しまわろうとしている。私の何倍も呑んだはずなのに少尉の顔はむしろ蒼ざめている。酒量でも到底、太刀打ちにならなかった。

「もう一つ、伺わせて下さい。少し前、私は憲兵隊から尋問を受けました。その時知ったのですが、あなたは憲兵の依頼を断わられたそうですね。なぜ、そんなことをされたのりません」

です」

「京都の憲兵将校のことですね。憲兵そのものが嫌いだからです。理由は自分でも分か

「そんな無茶な」

「無茶でもなんでも私はそういう人間なのです」

あきれたという表情がありありと少尉の面に浮かんでいる。どう気張ってみても憲兵の依頼を拒否した私の心の中は私自身にも説明がつかないのである。

「差しつかえなかったら、あなたが軍隊へ入られてからの経過を少し聞かせていただけませんか。いえ、もの好きからではありません。一人の知識人がどういう経過であなたの言う殺人機械に変えられてゆくのか、その中に、戦争と人間のかかわり合いのようなものが見えるのではないかと思うものですから」

「人に聞かせるほど、意味のある生き方はしてきていません。出来そこないです」

「出来そこなったかどうかは歴史が決めてくれます。戦争は人間が始めるもの、天災とはちがいます。ある日、突然に始まるように見えますが、実は何年も何十年も前から特定の人たちによって計画され準備されるものです。その計画と準備の段階に多くの団体や個人の利害がからまり合って、最後には誰もが必ずしも本心から望んでいたとは限らない戦

争の幕があいてしまうのです。その不幸ななりゆきに、自分のどういう考えや行為が手を貸すことになってしまったのか、ならなかったのか。そこをはっきりさせないで、戦争を恨んだり批判したりしてみても無意味じゃないかと私は思っています。あなたを死に急がせる前に、そこのところを一緒に考えてみたいのです」

　いきなり刃物を胸元につきつけられた思いである。適当にあしらって逃げられる酒席のやりとりではなくなってしまっていた。大分、遅くなった。近藤少尉は己斐（こい）の山の中に借りた新居へ、私は己斐にいる親戚を訪ねることになり、二人は街に出た。

　広島城の天守閣をめぐる堀端の道に二人の軍靴が乾いた足音をたててゆく。見通す限りの道の彼方に人影はなかった。私は言った。

「私という一人の将校がつくられる道筋に戦争の本質が読みとれるはずとあなたは言われた。そんな大それた話になるほど、立派な経歴があるわけではありません。あなたはこの戦争をさかのぼると満州事変（一九三一年）につきあたると言いましたね。あなたが言われる通り、あの事変が今度の戦争の始まりとして、その頃、私は何をしていたと問われれば、山好きの中学生で山ばかり登っていたと言うしかありません。事変のことなど、私には全く関係のない、どこかよその国の出来事ぐらいの認識しかなかったようです。それでも、故郷の縁故者の誰かが遺骨で帰った話などを聞いて『なぜ、満州まで行って戦争しなければならないのか』と不思議に思う程度の関心はありました。

二・二六事件（一九三六年）の軍人によるテロ事件は、当時赤坂に住んでいた私の家のすぐそばで起こっただけに大きな衝撃を受けました。しかし、それも毎日通学のため電車に乗る停留所の前が大蔵大臣の私邸であり、見馴れたその屋敷の中で大それた惨劇が行われたという生々しさ以上のものではありませんでした。ものものしい警戒の中を勝手知った裏道をぬけて反乱軍の拠点となった赤坂の料亭までたどりつき、隊長らしい若い将校の気負いたった演説を聞きましたが、たかぶった口調のはげしさ以外、何も心をうつものはなかったことを覚えています。

支那事変（一九三七年七月の盧溝橋事件に始まる中国との戦争）は大学の予科の時でした。戦争は知っていましたが、別に日常の生活に影響を受けるほどのことはありませんでした。その年の夏休み、予定通り山を歩いての帰りに下山した麓の村で出征する兵士を送る出陣式に出会いました。白だすきを十文字にかけた青年が壇上で挙手の礼をする姿を遠望し、呑気に山歩きをしている自分のありようがなんとなく恥ずかしく思えたことを覚えています。何が恥ずかしかったのか、よく分かりませんが、多分、国のために個人の命を捧げる行為に純粋なものを意識させられたのかも知れません。

日一日と拡大してゆく戦争の足取りに対して、当時の私はまだ全く無関心だったというほかありません。相変わらず山へ登ったり、音楽を聞いてばかりいた私を、ある友人が東京の下町の工場街にある託児所の見学につれてゆきました。彼女の兄が学生時代に社会主義運動にかかわっていたことがあるとか、私に好意をよせていたその女性に兄の影響が少しあったのかも知れません。生まれて初めての託児所の不潔さと貧しさに私は度肝をぬかれました。院長は外国の牧師でしたが、『日本の医者にはヒューマニズムがないらしい。貧しい子どもたちは診ようともしない』との怒りをふくんだ言葉に胸をさされました。そのことだけが理由ではありませんでしたが、通っていた大学建築科をやめて、あらためて医師になろうと決意したのは、この時の託児所ゆきが重要な契機になったことは否定できません。

医科大学に入学した私は在校生や他の医大の学生に呼びかけて同好の士をつのり、日曜日ごとに手弁当で市内の託児所の健康管理の手伝いをする奉仕運動を始めました。小児衛生研究会と名づけたこの会はなかなか評判がよく、仲間も次第に増えて一年もたたないうちに、かなり大きな運動になりました。断わっておきますが、私はそれまで社会主義運動やそれらしい影響を全くといってもよいほど、受けてはいません。集まった仲間のうちには多少、そういう関係の人がいたかも知れませんが、私たちの間でそれらしいことが話題になったことはありませんでした。軍国主義一色の当時の私たちの周りには『赤』はおろか『桃色』さえ存在する余地はなかったようです。運動が二年目に入ろうかという頃、私をふくむ会の幹部が文部省に呼び出されました。てっきり表彰してもらえると思っていたのが、軍服の文部大臣から『自由主義的傾向あり、時節柄、不穏当』という理由で即刻、解散を命ぜられたのです。多少の抵抗を試みましたが、大東亜戦争（一九四一年一二月八日に幕をあけるいわゆる太平洋戦争）開戦を目前にした軍服大臣の圧力にかなうはずもありません。研究会は雲散霧消してしまいました。私の軍人嫌いはそれまでの『なんとなく』という段階から具体的な動機をもった根深いものになってゆきました。

やがて、大東亜戦争の幕があき、学生生活も戦時色に塗りつぶされてゆきます。学校教練が強化され、配属将校の発言権が教授会をおさえるようになりました。大げさに言えば、医学の勉強をしにゆくのか、兵隊の予備校に通っているのか分からなくなったのです。学生の中に当然、不満が大きくなりました。運の悪いことにクラスの総代をしていた私は、立場上、しばしば配属将校と衝突するようになりました。別に無茶な抵抗をしたわけではありません。『卒業すれば全員、軍医になる。そのためにも今は医者の勉強をさせてほしい』との懇願が度重なるうち、いつの間にか『反軍思想の傾向あり』という評価になってしまいました。

忘れもしません。一九四二年九月某日、卒業まであと一年を残して、突然、赤紙召集を受けました。卒業前ですからもちろん、軍医にはなれません。私は最後まであきらめませんでした。父の縁故で連隊の軍医にわたりがつき、なんとか病気ということで帰してもらう約束をとりつけました。ところが肝腎のその軍医が入隊検査の前夜、岐阜の妓楼で酔ったあげくに主席軍医と大立回りを演じてしまい、私の即日帰郷の一幕を筋書き通り運ぶことができなくなってしまいました。軍医の打聴診を受けた私は、裸の背中をポンポンと叩かれながら『駄目になったよ、悪く思うな』の一言とともに、岐阜の第六八連隊に一兵卒として放りこまれてしまいました。支給された兵隊服の袖に手を通しながら営庭に立った私は、秋空にそびえる金峰山(きんぷさん)の山頂に向かって誓いました。『たった今から兵隊になってやる』。決心がつくとてきぱき行動にうつれる素直さを私はもっています。支えになる信仰も思想もない私には、それが一番楽な生き方だったのかもしれません。

一期の検閲から幹部候補生への六ヶ月の兵隊生活にはあなたに聞いていただくほどの何ものもありません。人間から考える働きを奪いとって筋肉と関節をバネにした肉弾につくりかえる苛酷な訓練は、それをどう受けとめるかに個人差はあっても、少数の例外をのぞけば軍隊はだいたい目的を達成する実績をもっているようです。私はいつか最優秀幹部候補生の一人になっていました。私たち幹候隊は対抗部隊と敵対演習をしながら最後に長良川の河畔で遭遇戦を行うという、行程三〇キロを走る演習に出発しました。馬上の中隊長の後を追って、ともかく全行程をなんとか走り切ったのは全員の三分の一足らずでした。厳冬の長良川は水量こそ減っていますが、氷の華を浮かべて音をたてて流れます。数日前に降った雪が一面に凍りついた河原へ一一年式軽機関銃を肩に食いこませて、ともかく、私はそこまで到着しました。演習終了を告げるラッパの音が荒涼とした冬の河原を今にも吹き渡るはずと心待ちにしたその時です。士官学校出の若い中隊長が鞭を鳴らして馬を水際まで駆けよせると、『幹候隊、前へーっ。敵は対岸にあり。攻撃！　すすめー』、声もろとも、もう馬脚の半ばまで水に入ってしまいました。『くそっ、気ちがいめっ』。言いようのない憤りが燃え上がったのは頭の中だけで、身体は反射的にはね起きると銀色に光る機関銃をゆさぶり上げて真直ぐに水の中へ駆けこんでいました。小銃が四名、擲弾筒（近接戦用の小型爆弾を発射する筒）が一名、重機関銃中隊の一分隊が血相を変えて後につづきます。冷たいなどと感じている余裕はありません。立ち止まれば一瞬に凍りつきそうな長良川の流れを全身でせきとめて、じりじりと渡ってゆきました。『あっ』という声を後ろに聞いたような気がしましたが、振り向いているすきなどありません。しびれる身体に気力の鞭をあてて、とうとう渡り切りましたが、後ろにいた擲弾筒の仲間は水底に消えたまま生きては帰りませんでした。菊の紋章（天皇家の家紋）をうった兵器を水底に失なった罪で、私たちはその夜、営庭の玉砂利に正座して陛下へのお詫びの座禅を朝までつとめましたが、仲間の冥福を祈る行事は行われませんでした」

　暗い道で私はマッチをすると煙草に火をつけた。明るい輪の中へ近藤少尉も顔をよせて吸いつける。端正な少尉の顔に刻まれた意外に深いしわの数が印象的だった。

「少し先を急ぎましょう。翌一八年の三月、私は豊橋陸軍予備士官学校へ入校しました。天皇直属の股肱(ここう)の臣(しん)たる修業のためといえば聞こえはいいのですが、サイパン島守備隊の第一線小隊長要員というのが実際でした。有名な高師(たかし)天白(てんぱく)ケ原の広大な演習場に繰りひろげられる豊橋の演習はさすがに骨身にこたえるきびしいものでしたが、山猿部隊と異名をとった岐阜の荒修業に鍛えられた私の肉体はまるで鋼鉄の機械のように正確に戦闘技術を覚えこんでゆきました。ただ一つ、天皇の臣にふさわしい神がかりの思想教育には閉口しました。『天皇は神聖にしておかすべからず。人間の姿をかりた現人神(あらひとがみ)におわします』という命題を無条件で承認しないかぎり一歩も先に進めないようにあらゆる教養が組み立てられています。戦闘技術には厳密な科学性を要求しながら、一方で古代の神話を事実として認識せよと強制する。この不条理を条理として承認するほど私は単純ではありません。夕食後から消燈までの数時間の修養の時間がまさに地獄の苦しみでした。しかし、常識をはるかに越える激しい筋肉の鍛練は思考を省略して反射的に行動できる習性をつくり出します。どこでどう間違ったのか、天皇への信仰を拒否する私が命令の是非を問わず、無条件に行動できる戦争の部分品になってゆきました。

恒例の卒業記念演習で私は戦功を上げ、そのままゆけば恩師の軍刀を拝領する優秀生徒の候補の一人にあげられました。ところが意外な偶然が待っていたのです。

昼夜兼行の大演習を終えた私たちに一日の休養が与えられました。久しぶりにゆっくりできる朝を私は仲間と一緒に洗面所で歯をみがいていました。珍しく霧の深い朝で、乳色の濃い流れが渦をまいて私たちをつつんでゆきます。ふと、頭上の木立で鋭く一声、小鳥が鳴きました。つづいてまた、一声。その途端に、何年か前、友人と過ごした上高地の朝がまるで映画のシーンを見るように瞼（まぶた）の裏に浮かび上がってきました。『梓川の流れに霧が舞い流れて一日の最初の陽光が前穂高岳の絶頂を紅に染める。鮮やかに鋭く小鳥の鳴声が……』

『敬礼っ』。たしかに声は耳に届いたのですが夢の中の私はまだ上高地に立っていました。いきなり後ろからつきとばされて『ハッ』と気がついた時はもう遅かった。すぐ近くを馬で通った校長閣下に私一人だけが欠礼（敬礼をしないこと）してしまったのです。二時間後、私は校長室で中将閣下の前に立っていました。私をつきとばした副官をはじめ佐官級の学校幹部がずらり居ならんで私をにらみつけています。

ありのままを私は正直に答えたつもりでした。ところが、正直すぎたのが逆に大変な一幕をあける結果になってしまいました。要するに『考えごとをしていて敬礼という声に気づかなかった』と答えればよかったのを、『声は聞こえたが、どういうわけか敬礼の動作をしなかった』と、まさにその通りを答えた瞬間、『なにっ。貴様っ、知っとって欠礼したのかっ』。眼つきの鋭い戦術の教官がはげしくたたみかけてきました。単なる『うかつ』が『思想問題』に変わってしまったのです。問題は『聞こえた』という言葉の中味です。聞こえなかったと言えば嘘になります。しかし、声が聞こえたからといってそれがすぐ動作になるとはかぎりません。説明が面倒で私は黙ったまま立ちつくしていました。数人の教官が次々と問いつめてきます。刺激に反応して即刻、行動できなかった『兵』としての未熟さをとがめる言葉ではなく、敬礼を故意に怠ったとの疑いのそれでした。私はだんだん腹が立ってきました。

『私の欠礼がそれほど、問題なのですか。そうでしょう。天皇への忠誠の証しですからね。建軍の本義ですって。体裁のいいことを言わないで下さい。本当のことを言いましょうか。それはね、天皇という〝神〟の威光を借りてあなた方自身の権力を保全するためじゃありませんか。あなた方の中の一人でも、天皇の名を借りないで私を心服させる何をもっているというのですか。あるなら見せてごらんなさい』。もし、校長が、業を煮やして立ち上がりかけた教官の一人を手で制するのがもう少し遅かったら、私は兵隊になったその日から一度は言いたくてたまらなかったそんな言葉を叩きつけていたかも知れません。校長は私の考課表を持ってこさせました。その中には私の中学校からの軍事教練の評価が書かれています。『なんだ、候補生は医学生か。医学部におった者が、なんで軍医にならず本科におる』。とっさに答えられる問題ではありません。黙っている私に代わって副官が配属将校の意見をのべかけるのを『いかん。軍医が足りんでどれほど前線が困っておるか。軍医になる者を小隊長で殺してなんになる。馬鹿者めがっ。いかんっ』。いきなり怒り出した校長に副官はおろおろするばかり。

『候補生を今からすぐ、軍医に戻せいっ』

欠礼の詰問が突然、意外な方向に変わってしまいました。医科大学にまだ学籍がある私が陸軍軍医委託学生を志願して試験に合格すれば、召集は解除されて学校へ戻り、卒業後、軍医学校に入って現役の軍医になる道がある、との副官の説明に校長の顔がほころびました。『候補生はそういうことを知らなんだか』。『知っておりました』。『知っとって、なぜそうせなんだ』。今さら、何を、と言いたくなる言葉です。医師になりたいという私を勝手に肉弾にかりたてておいて、ようやく肉弾になり切る覚悟ができれば、今度は軍医に戻れという。しかも、死んでもなりたくない職業軍人の道です。答える気にもならず黙って立っている私の耳に、『命令っ。候補生は直ちに所定の手続きをとり軍医委託学生として……』一切が命令の一言で決まってしまいました。サイパン島守備隊小隊長要員だった私は七月末をもって召集を解除され、全校生徒が整列して見送る中を私服に着がえて校門を出ました。残された最後の一学年を勉学させてもらえるとよろこんだのも束の間、軍隊入隊中を在学と見なす、という便法でちょうど始まった卒業試験を形ばかり受けさせられ、そのまま軍医学校へ送られて、あなたの言う、およそ不似合な職業軍人が誕生したという次第です」

いつの間に月が出たのか、己斐（こい）の山にかかる道が白々と足元につづいている。他人にはなんの意味もない軍隊生活の断片を、何か意義でもあるかのように気負いこんでしゃべった自分への嫌悪感が黒々と胸を閉ざしていた。そして、すぐにでも行けると思っていた戦場が次々と敵の手に落ち、最後にたのみにしていた硫黄島派遣も、こと志とちがった今、いつ終わるというあてのない無意味な軍務へのうとましさがどうすることもできないほど、激しく燃え上がってきた。それと同時に、『戦争のなりゆきにどうかかわり合ったかをはっきりさせて死ぬことの是非を考えよ』と問いつめる近藤少尉の言葉の意味の大きさをあらためて意識させられていた。

傾いた石地蔵の前で右へ分かれて下る谷沿いの道に、少尉の新居はあった。足を留めて向き直った少尉の顔には心なしか優しさが満ち満ちているようにみえた。

「何か言わなければ、と先刻から考えていたのですが、とても一口では言えそうにありません。せっかくのお話を聞きっぱなしで心苦しいのですが今夜はこれでお別れします。こんな機会はもうないでしょうから、私の考えは、先刻のあなたの質問への答えもふくめて、書いてお届けします。最後に一言だけ、無益な死に急ぎはしないで下さい。では」

親しみのある眼で敬礼すると、少尉は小さなせせらぎに沿う草深い小径に消えて行った。

対戦車肉薄攻撃

陽ざしは時にもう暑ささえ感じさせる。私は斜面に整列して腰を下ろした中隊にさっきから訓示をつづけていた。

「以上、のべた通り、お前たちは昨日で歩兵としての基本動作の教育を全部終了した。『まだ、できません』という者がおっても、もう教えてやるわけにはゆかん。軍隊は本人ができんと言うても、教えてあると言われると、できることになっとるんだから仕方がない」

どっと笑い声が起こる。

「そこでだ、明日からはいよいよ本番の訓練に入る。これから一ヶ月、俺と一緒に練兵場を這いずりまわってもらわにゃならん。二本の足が揃っているお前たちにわざわざ這いさせるのは、将来、乞食になった時のけいこをしてもらうわけではない。お前たちにも大体、分かっているだろうが近いうちに青い眼のお客様が大勢おいでになることになっている。来ていただきたくないといっても向こう様がどうでも来るというのだから始末が悪い。そこで、こちらとしては御馳走を用意して十分におもてなしをせねばならん。お前たちは明日からその御馳走の運び方と差し上げ方を習うわけだ。お客様は大変、上品な方たちなので、立ってのこのこ、持ってゆくと気に入らんとお怒りになる。気に入っていただくためには御馳走をしっかり胸に抱いてそろそろ、這ってゆくことになる。小笠原流の行儀作法とちがって足はしびれんが少々骨が折れる『対戦車肉薄攻撃』。言葉は難しいが中味はそういうことだ、分かったな」

「分かりましたっ」

威勢のいい声が一斉に比治山にこだました。

「分かったら、今日はこれから宮島へつれてゆく。ゆっくり羽根をのばして遊んでこい」

大喜びの兵隊たちが期せずしてわーっと歓声をあげる。やがて、先任下士官に引率されて部隊は足取りも軽く比治山を下って行った。岐阜に、豊橋に、かつて歯を喰いしばって耐えぬいた激しい演習を、今は自分で兵たちに課しながら私は何もかも忘れて戦争の部分品になり切っていた。

硫黄島陥落の報が国民の耳にまだ生々しい四月一日、新聞は米軍の沖縄本島上陸作戦の開始を一斉に報じた。米第五艦隊司令長官スプルーアンス指揮下の五五万の大軍が一五〇〇隻にのぼる艦艇の援護のもとに殺到した。四月六日、大本営は「菊水作戦」と名づけた航空肉弾戦の戦果を報道、七日には戦艦大和が一〇隻の艦艇を率いて特攻攻撃に出撃、片道だけの燃料をつみこんだ文字通りの決死行だったが、一〇〇〇機に余る米航空隊の猛攻をうけ、大隈半島南方海上に沈み去った。日夜を分かたぬ大空襲が日本全土の主要都市を次々と炎上させていたが、不思議にも広島だけは未だに敵襲を免れて、太田川の堤防には遅咲きの桜が葉を交えて残(のこん)の色香を競っていた。

ソ連による日ソ中立条約不延長の通告を機に小磯内閣が総辞職し、代わって鈴木内閣が戦争終結の大任を負って発足していた。内閣の初の閣議で極秘裡にスイスとソ連を通じての和平工作が決定され戦争終結への努力が始動し始めていたが、表には一億玉砕、本土決戦が叫ばれて狂気と荒廃が日本全土を荒れ狂っていった。

次第に絶望的な様相を呈してゆく沖縄の戦局も、もう広島の人々の関心をひかなくなっていた。街々は急遽、発令された建物疎開と児童疎開の強行に大混乱を来たしていた。引きも切らぬ動員部隊の到着、移動が街を軍一色に塗りつぶし、刻々近づく本土戦場化の気配を一層あわただしくかき立てていた。

広島陸軍病院が方面軍病院と師団直轄病院に二分され、元吉軍医少将を院長とする第一陸軍病院が、私の軍籍と病理の全員をふくめて旧幼年学校校舎へ移転を行ったのも、ちょうどその頃だった。

しかし、教育隊の目と鼻の先に第一陸軍病院が開設されたことも私は知らなかった。目前に迫った一期の検閲に私は当面の自己のすべてを投入していたのである。

ドイツ軍無条件降伏の報が新聞の第一面を大きく埋めた五月八日、初年兵の教育の成果を判定する一期の検閲が予定通り小雨の降る西練兵場で行われた。

私は今日を期して選りすぐった第一小隊の兵を率いて対戦車肉薄攻撃を披露してみせた。相次ぐ敗戦の苦汁がそうさせたのであろう。与えられた演習の想定はあらかじめ予想していたよりはるかにきびしかった。少なくとも三、四台は現れるだろうと予想していたのが、小隊は合計八台の模擬戦車にとり囲まれ、前後左右から徹底的に波状攻撃を受けた。指揮も、連絡も、報告も何一つ行われる暇もない。兵隊は日頃の訓練通り、次々と出現する戦車に匍匐（ほふく）してにじり寄っては爆雷を抱いて体当たりを敢行した。小隊長を演じた私も、査閲官の眼の前で小隊の散開線内に進入した戦車に伝令兵とともに積極的な自爆振りを行ってみせた。爆雷もろとも、模擬戦車のベニヤ板を全身でつき破った私の壮烈な演技に査閲官は大いに満足した様子だった。

検閲が終わってはげしい降りになった雨の中を、中隊は元気に教育隊へ帰っていった。

私の中隊は滅多にない異例の「優秀」の講評を受け、元吉病院長は居ならぶ高官の前で大いに面目をほどこした。

検閲に参加した各部隊の将校の複雑な視線を浴びながら、私は一足おくれて中隊の後を追った。全身から泥と水がぐっしょり流れ落ちていた。

「軍医の教えた兵隊が戦いの役に立つものか」とのあざけりに見事に勝ちはしたが、私の心は寒々としていた。一刻も早く入浴して何もかも忘れた眠りがほしかった。明日からはもう意欲を燃やす何物もない。虚脱感が全身をけだるくとらえていた。

蹄(ひづめ)の音が鳴って雨の中に馬を走らせる将校が一人、また二人と私を追いぬいてゆく。その中の一人がひらりと馬から飛び降りると私の近づくのを待った。

「おめでとう。俺の目に狂いはなかった」

前例を破って軍医を軍の教育教官に抜擢(ばってき)した花井参謀だった。豊橋予備士官学校仕込みが買われたのである。

「聞きたいことがある。どうやってあれだけに仕込んだのだ。一言で言ってみてくれないか」

「参謀殿も今日の成績を優秀と思われたのですか」

「何を言っとる。誰が見ても抜群だ。あれだけの肉攻をやれる兵隊はどこにもおらん。

工夫があったはずだ」

「工夫はしましたが、言えません」

「なぜ」

「言えば軍法会議ものです」

「なに！」

「言ってもよろしいのですか」

「かまわん、言ってみろ」

軍帽から滴り落ちる水滴が頬を流れるのを手で拭って参謀が近寄った。

「歩きながら話します。じっとしていると気持ちが悪くていけません」

はげしくなった雨脚を押し分けるように私が先に立った。

「教育隊教官を命ぜられた時、正直いって本心から嫌だと思いました。しかし、断われないと知って、どうせなら自分の思い通りにやってみようと決心しました。自分が六ヶ月間、一兵卒をやりましたから兵隊の気持ちはよく知っています。短期間に役立つ兵隊をつくるには彼らが喜んで訓練を受けるような条件が必要です。それには兵隊が一番嫌がる内務班生活を除いてやらなければなりません。理由もなく古兵にいびりぬかれるあの拷問ほど、日本の軍隊を毒してきたものはないでしょう。私は毎日、暗いうちから消灯過ぎまで昼夜の別なく中隊全員を演習にひっぱり出しました。古参兵が初年兵をいびって楽しむ時間と暇を徹底的に奪いとったのです。何十年もつづいてきた古兵の権利に新参の軍医が対抗するにはそうする以外、方法がありませんでした。私は軍人精神のぐの字も口にしませんでした。難しい説教もしませんでした。戦車を見たら反射的に爆雷を抱いて飛びこんでしまうまで、徹底的に身体に教えこんだのです。だから、今日のような状況の中で、兵隊は正確な動作で肉攻をやってみせることができたのです」

そこで言葉を切って参謀を見たが一言も言わず足を運んでいる。

「実は今日の検閲に私は密かに賭けていました。軍人精神を説かないで役に立つ兵隊ができるか、どうか。結果は私の勝ちのようにみえます。今の今まで、勝ったと思っていました。ところが、やはり、私の負けでした」

参謀が眼をあげた。

「中隊は優秀というお誉めの言葉をいただきましたが、成績がよかったのは演習だったからと思いつきました。実戦だったら、あの兵隊たちは何を考え、何のために死んでゆくのでしょう。一番大切なそのことを、私は何も教えませんでした。私は、自分は無条件に死んでゆける自信がありますが、兵隊まで喜んで死につかせる、そんな大それた責任を負えるほどの人間ではありません」

「分かった、いちいち難しい理屈のいる奴だな、貴公は。病院に帰せというのが本音だろう」

「軍医は軍医の仕事をしているのが安全です」

「そうできればいいが、貴公には方々から座敷がかかって院長閣下も困っておられる。とにかく帰任の申告をしてこい。新しい任務が決まっているはずだ」

参謀は馬にまたがると馬首をたてなおして一散に雨の中に消えていった。その姿に敬礼しながら、重い疲れを感じていた。

いのちがけの遺言

広島駅を出た芸備線が間もなく本線と分かれ、中山山塊をぬけて太田川にぶつかるあたりが戸坂(へさか)村である。広島の上水道に太田川の水をとり入れる水源地施設と小学校が一つあるだけ、戸数三〇〇~四〇〇戸余りの谷あいの小さな村だった。

出入りの商人とのからみが原因だったのか、それとも近藤少尉の言うように病院の機能を維持する上での困難が踏み切らせなかったのか、ともかく、手を打つのが遅くなって、広島陸軍病院が軍の中枢から疎開を命ぜられた時は、近在の村落には受け入れてくれる適当な施設が全くなくなっていた。せめて手術室と重傷病棟だけでもという病院幹部の窮余の一策が戸坂村小学校の裏山をくりぬいて洞窟病院を建設するという結論になり、あろうことか、その隊長に私が任命されたのである。

部隊の編成と資材集めに意外に時間がかかり、戸坂作業隊（誰いうとなくそういう名前がついていた）が教育隊の営門を出発したのは六月も半ばに近い小雨の日だった。鉄砲の代わりに鶴嘴とスコップをかつぎ、資材を満載した何台もの大八車を中にして雑然と行進する部隊が猿猴川を越える工兵橋のたもとで意外な顔にばったり会った。私の方では見忘れていて、声をかけられてはっと気づいた例の憲兵少尉だった。笑顔で足をとめた憲兵はどこかこの間とは印象がちがっている。部隊の指揮を先任軍曹にまかせて長寿園の桜の木蔭に立った。

「何か、また」

「いえ、仕事が終わりましたので明日、京都へ帰ります」

「近藤少尉の件はすんだのですか」

「軍紀を守り、専門将校として軍務に精励しあり、と報告しました。中尉殿にも無礼をしました。職業柄とお許し下さい。私も今回召集解除になります。お世話になりました」

笑顔の理由がやっと分かった。軍服を脱いで平凡な人間にかえる嬉しさがあふれている。敬礼を交わす眼に人間の色があった。ありふれた人間が襟元につけた記章で機械になり、それをはぎ取るともとの人間にかえる。自分にはその記章をはぎ取る機会は永久にない。無性に羨やましくなって曲り角で振りかえると橋のたもとでまだ見送っていた。職務上恐らく私のことも詳しく調べたことであろう。文部大臣が、「時節柄、不穏当」と解散を命じた奉仕運動の指導者であり、配属将校から「反軍思想の傾向あり、徴兵猶予の恩典にふさわしからず」と断定された経歴と、入隊後は兵として将校として模範的に経歴を過ごしてきた軍歴をどのように評価したのか、一度、聞いてみたい気がしていた。

学校と寺と数軒の有力な農家に分宿した作業隊は早速、穴掘り作業にかかった。中山峠を囲む山群が太田川に向かってつき出る大きな峯の北斜面に間口二メートルの坑道をあける作業から始められた。三本の坑道を二〇メートル間隔で掘り、約一〇メートルすすむごとに奥行き四メートル幅にそれぞれの間を掘りぬく。こうして約八〇平方メートルの室をつくって手術室と重症病棟にするという計画だった。

部隊には炭鉱で坑夫の経験のある者、土木工事の経験者が集められていた。にわかづくりとは思えない、工兵隊顔負けの腕である。工事は予想以上の速度ですすんでいった。

私は医科大学にかかわる前に建築科に在学した経験がすこしは役に立って、暗い農家の一室で夜を徹して図面をひいた。縦横にひかれるカラス口の墨の線の美しさがしばし戦争を忘れさせてもくれた。

暦はすでに梅雨に入っていたが空梅雨なのか雨は数えるほどしか降らない。私はその日も中央の坑道の入口にレーベル（測量機械）を据えて、突き当たりの壁に木枠をいれる坑木の高さを決めていた。眼鏡をのぞいて中腰になる私の裸の背中にもう暑い陽ざしが照りつけている。交代で鶴嘴をふるう兵の全身からは滝のように汗が流れていた。

「もう少し上、もう少し、あ、上りすぎた。少し下げて、もうすこし」

眼に流れこむ汗をぬぐって眼鏡内の焦点を合わせようとした時、異様な音が坑道を走ったと思う間もなくはげしく木の引き裂ける音がして、坑道の天井の一部から土砂が崩れ落ちた。

「落盤！」

と気づくまでに何秒かたっていたが、気づいた時には坑道一面にごうごうと砂塵がたちこめて、作業をしていた兵の姿が見えなくなった。大声で何かを叫んで飛びこもうとした私の腰を誰かが後ろから抱きとめる。

「離せ」

「いけません。慌てると大事になります」

軍曹が力まかせに引きとめた。総軍での案内ぶりに惚れこんだきびきびした下士官を炭鉱育ちと聞いてもらいうけた軍曹である。

「ここは私にまかせて下さい。中のやつらは大丈夫です」

次第に埃のしずまってゆく坑内をじっとうかがうと、その眼の先の岩の壁に蝙蝠（こうもり）のようにはりついた二人の兵の姿があった。

「動くなっ、そのままでいろ」

炭鉱にいたという玄人の兵が三人、そろそろと近づくと裂けた天井の梁下に支えの丸太を何本もいれて組み交わす。私はすぐ各作業班長を集めた。

「申し訳ないが私が間違えた。やはり、始めから生丸太を使うべきだった。経理の石頭と争うのが面倒で、あてがわれた古材でがまんしたのがいけなかった。丸太を入手次第、柱と梁を全部入れ替える。手数だがやり直してもらいたい」

　軍の準備した疎開兵舎の古材で間に合うと主張した経理に妥協したのが失敗のもとだったのである。すぐに伝令が病院へ走った。万一のことがあった時は村有林の杉を切って使用するという一札（いっさつ）がとってある。村長への公文書が必要だった。

　翌日から作業は山の中に移った。直径四〇センチを越える杉の大木が兵たちの手で村有林から切り出される。にわかづくりの桟道（さんどう）の上を巨木が次々とすべり落ちる。皮がむかれ一定の長さに切られて、坑道を支えた古材と入れ替えられてゆく。壕は面目を一新して見違えるように立派な地下の殿堂に変わった。

　七月に入って待望の病室の部分に鶴嘴が打ちこまれ、三本の坑道から掘りすすんだ作業隊が昨日は真中と右が山中で連絡、今日は中央坑道から左に向かった私の鶴嘴が右から来る曹長の合図した最後の岩盤をつき破った。ポッカリ開いた小さな窓からさっと光が流れ合って喚声のあがる中を、私は曹長の差し出す手を固く握った。わけもなく涙が出た。喜びにちがいなかった。一瞬の後には冷たく消え去る感慨だったが、私はその中に火花のような何かを感じていた。それが何なのか私にもよく分からなかった。何もかもを破壊する戦争の中で何かを「つくり出す」ことの喜びだったのかも知れない。

工事終了予定の七月三一日、第五方面軍司令官が幕僚をつれて地下病院づくりの現場視察に現れた。

「こりゃ病院には惜しい。軍の作戦室にもってこいだな」

軍司令官はそんなことを言って案内に立った院長をあわてさせた。

「あと、どのくらいかかる」

「一週間あれば完成させます」

「できる限り急いでもらいたい」

帰りがけに院長が念を押していった。新しい任務が待っているということなのだろう。どこまでも掘りすすんで地下大病院の建設を、という私の夢は所詮、夢でしかなかった。

月が変わって八月二日の夕刻、藤本軍医大尉を長として長尾軍医中尉、岡野少尉の軍医三名をふくむ第一陸軍病院戸坂分院の一行三一名が戸坂小学校に到着した。完成した洞窟と小学校の校舎半分を借り上げていよいよ、分院が開設されるのである。

工事は最後の仕上げにかかっていた。三日の夕刻、本院からの電話に呼び出された私は八月五日正午で作業を打ち切り、部隊をつれてその日の夕刻までに帰院するよう厳命された。せめて一日は兵たちをゆっくり休養させてやりたい、そんな段取りを頭に描きながら作業現場に戻りかけた時、本院から連絡に来た兵隊から一通の封書を手渡された。宛名も差出人の署名もない分厚いその重さは、己斐(こい)の山道で別れた近藤少尉の緊張した表情を思い出させた。

〈立派な病室が地下に出来上がっていると聞きました。さすがだと敬服しています。すぐ書くとの約束が遅くなったのは、書こうとすることの内容の重大さと責任の重さでなかなか筆が動かなかったからです。思ったままを書き始めますから、とにかく、最後まで読み通して下さい。

あなたが広島に着任された直後の頃から私はあなたに好感を抱いていました。（こんな言い方をするのをお許し下さい）それは、戦時下でありながら（いえ、戦時下だからこそそうなのでしょうが）暗く沈滞し、腐敗と汚濁の噂に事欠かない病院の内部に、誰をもはばからない直言と行動力で清涼剤のような役割を果たし始めたあなたが、私に一番欠けている決断力と実行力をもっていたからかも知れません。私が特にあなたに注目したのは、非公式に私の動向を尋ねた憲兵に対し「すじを通してほしい」と断わったあなたの話を聞いた時でした。普通ならもう少し応対のしようがあるものを「協力できない」と言下に断わられる。しかも、その理由を「憲兵は嫌いだから」とあなたは言われましたね。あなたに憲兵を嫌わねばならない具体的な動機があるとは思えません。恐らくあなたの頭の中には軍隊というものについてあなた流の「理想像」があるにちがいない。その理想化された軍隊に対置してみる時、憲兵というものの存在があなたにはまるで恥部のような不潔感を抱かせるのだろうと私は思います。憲兵が軍隊の恥部であるかどうかは別として、日本の軍隊が憲兵組織をもたなくては一日も存在し得ないものという理解をあなたはもとうとしない。理想化され美化された軍隊はあなたの空想の中にはあり得ても、現実には存在できる社会的、客観的な基盤がないのですが。

自由、希望、愛、生活そのもの、生命さえも否定して人間を殺人の機械として組織する軍隊が生身の人間で構成される限り、その内部には無数の矛盾がうずまいています。抑圧された自由への欲求、生きたいという衝動は時には個人の逃亡となり、時には集団による反抗や残虐な蛮行となって軍隊を内部から崩壊させる要因となって働きます。だからこそ軍隊は憲兵という暴力装置による自己防衛を必要とするのです。そうした客観的な認識を一気に飛び越えて、憲兵は嫌いだという主観を踏み台に大胆に行動してしまう。そこにあなたの長所と短所を合わせ見るような気がします。

この間、己斐の道で伺ったあなたの話を私なりに考えてみました。そしてあなたが軍隊というものに対処されるあり方の中に一つの特徴があることに気づきました。一般の学生がそうであったように、あなたも軍隊にとられることを、嫌がっておられた。配属将校とぶつかって徴兵猶予の特典をとり上げられるという非常事態になっても部隊の軍医に伝手をもとめてできる限りの抵抗をされる。ここまでは知識階級と呼ばれる人たちなら誰でもができればそうしたいと思うことです。ところが、そこから先があなたは違う。軍隊の中にひきずりこまれるや否や、大多数の人はつとめて消極的に、おん身大切に過ごすのと対照的に、積極果敢に自らを兵として鍛えることによって軍隊に囚われる苦痛から見事に逃避を試みられる。もし、演技と言われるなら見事と言わざるを得ません。

そうしたあなたが突然、職業軍人への編入という予想外の異変にあわれました。抗し難い至上命令の前であなたの密かな転進の決意が育ち始めます。戦争の中で「必ずしも死ぬとは決まっていない、生き残る可能性を期待する受け身の姿勢」から、すすんで死に近づこうとする異常な能動性があなたのものになるのは恐らくその時からではないでしょうか。私に分からないのは、情勢の変化に応じて大胆に決断し、即時に行動を起こすあなたの果断さには敬服しながら、一つ一つの行動をつらぬく一貫した思想が感じられないという点です。鋭い直感に支えられて局面、局面を積極的に動いて解決される点は羨ましいほど見事なのですが、事の正邪、理非を検証する客観的な基準をあなたは何に求められているのだろうか。あなたの人生観、世界観は何なのだろうか。それが私の一番、気になる点なのです。

先日、ある時は精神主義的な主張をされ、ある時は極めて合理的に事をすすめようとされるあなたの中の矛盾を私がどう思われるかと問うた時、あなたからはお答えがなかった。恐らく私から指摘されるまで御自分の発想や行動にそういう矛盾があることさえ気づかれなかったのではないでしょうか。あなたから見ればすでに戦地のつとめを二度も果たした赤痢学者の中野中尉をまた死地に送るなど、理不尽も極まれりということなのでしょうが、そういう理不尽なことが次から次へと際限もなく発生するのは、理不尽の極である、実に「戦争そのもの」からだということになぜ考えつかないのでしょう。他国民、他民族を殺戮（さつりく）して己の欲望を満たす「戦争」という最高の理不尽には目をつぶって、そこから派生してくる無数の理不尽に、ある時は興奮して、ある時は冷静に、全力をあげて対応しようとするあなたの努力が真剣であればあるほど、あなたの中に限りなく「虚しさ」が蓄積してゆくはずです。あの時、疎開でもない、このまま、居座るのでもない、それならどうするというあなたの問いへの答えはもう少し後で書きます。

あなたは病理試験室主任として、私と一緒に伝染病予防の仕事をしてこられた。日本でも有数の腸管伝染病発生地である広島で、万を越える軍隊を伝染病から守ることの大切さはよくお分かりになったと思います。こういう仕事が成り立つのは、その土台に腸管伝染病の原因である細菌の本体と属性が科学的に明らかになっていることと、感染患者の病態が臨床的に解明されているからに他なりません。こと、伝染病に関してはこのように正しい姿勢で取り組み得る私たちが、戦争という社会の重篤な疾病の発生に対しては、予防はおろか治療法さえもてずに、折角、築きあげた文明、文化を根こそぎ破壊しつくすところまで、なす術もなくひきずられてしまうのは、一体、どういうことなのでしょう。医学の進歩によって伝染病を克服することができるようになったと同じように、もし、社会の疾患である戦争について、その原因、経過、転帰についての研究がすすみ、克服する手段、方法が明らかになれば、いつかは戦争を予防し、発生を防止することができるようになるはずではないでしょうか。

日清、日露の二つの戦争をはじめ、あなたの少年期から始まった今次の一連の戦争が、なんのために、どういう人たちによって計画され、準備され、遂行されてきたか。それを明らかにするいくつかの手がかりや理論や方法が学問的にはすでに積み上げられ始めています。あなたに知っていただきたいのは、わが国民はいうに及ばず、アジアの何億という人々に限りない不幸をもたらした今次の戦争を、無益な侵略戦争としてその危険を予告し、警鐘を鳴らして阻止しようとした勇気ある人たちがこの国にもたくさんいたという事実です。戦争は阻止しなければいけないという思想も知識も、またそのための手段も、まだ限られた少数の人たちのものでしかありません。不幸にも、そうした人たちは獄につながれるか、そうでない場合は心ならずも貝のように口を閉ざさざるを得ない状態におかれています。

しかし、かつて伝染病は予防し得るとして「迷信」とたたかった先覚者が今日の医学を築いて、その発生をおさえこむことに成功したように、戦争の阻止を訴えて殺されたり、獄につながれた先覚者の思想が、必ず、みんなのものになる日が来ないと誰が言うことができましょう。

緒戦の戦果に酔って国民が喝采をはくしたのも束の間でした。態勢とととのった連合国側の圧倒的な力の前に今はただ破局の日を待つのみとなりました。戦争指導の中枢は本土決戦を呼号し始めています。本気だとしたら狂ったとしかいいようがありません。これ以上、罪もない老人や子どもを殺して何になるというのでしょう。勝敗が肉弾の数で決まる時代は終わりました。現在は神風を吹かせ給えと祈る中世でもありません。今はただ一日も早く無益な抵抗をやめて潔く敗北の事実の上に立ち「降伏こそ最善の道」と勇気をもって言うべきと確信しています。

国敗れても山河は残り、民族は死滅しません。敗戦の痛手に鍛えられて二度と戦争を望まない祖国を築く事業に立ち向かわなければなりません。その日のために、あなたにはなんとしても生きのびてほしいと望むばかり……。

お話ししたいことが山ほどありながら、こうした形では伝え切れないもどかしさが先に立ちます。

憲兵のことでは本当にお世話になりました。読んでいただきたい文献など多少は持っていたのですが、召集前に全部持ち去られて何も残っていません。せめて、私の眼を開いた『資本論』でも残っていればよかったのですが……。

では、くれぐれも御自愛を。

読み終わったら必ず焼き棄てて下さい〉

冷静に読めたつもりだったが足が小刻みにふるえてどうにも止まらなかった。何度も読み返して大事な言葉のいくつかを覚えこんだ後、私はその手紙を宿舎の風呂のかまどで灰にした。

論旨ははげしく私の胸をときめかしたが、それが私の行動を直接左右するには、破局に向かう戦争の規模があまりにも巨大すぎたし、第一、私にそんな大それた勇気のあるはずもなかった。

昭和二〇（一九四五）年八月五日午後四時、開設準備にいそがしい広島戸坂（へさか）分院の面々や村の人たちが名残りを惜しんで手を振る中を戸坂作業隊は整然と隊列を組んで広島へ帰って行った。まだ残っている資材や兵器の管理のため一日、村に残ることになった軍曹以下一〇名の兵が作業現場の後始末に忙殺されていた。私は駐留中、お世話になった村長、学校長をはじめ宿舎を提供してくれた寺の和尚や村の有力者を一軒一軒たずねて礼をのべた後、かなり遅くなって戸坂村を離れた。

第二章

広島の消えた日

広島の街を踏みしだく巨大なきのこ雲。1945年８月６日、原爆投下の約１
間後、瀬戸内海上空より米軍撮影（写真提供：広島平和記念資料館）

見よ！　広島に紅蓮の火柱が立つ

顔の上に、ふと、まぶしさを感じて眼を覚ました。昭和二〇（一九四五）年八月六日の朝が明けていた。戸坂作業隊長を解任されて今日は新しい任務の決まる日、と意識した途端に室の様子がちがうことに気がついた。たしか、昨夜は病院のX線室に臨時にととのえられた寝台に寝たはずである。妙だと思ってあたりを見まわした私は、少し離れた座敷の向こうにこちらに背を見せて寝ている小さな病人の姿を見てようやく昨夜の記憶をとり戻した。

戸坂村から病院に帰りついたのは夏の日が暮れ落ちた八時少し過ぎだった。院長閣下が不在の上、新任の庶務課長も帰宅したあととあって任務終了の申告ができず、院内をうろうろしていた私は週番将校から妙な役を頼まれた。その夜、広島陸軍病院に泊まる数人の高級将校の接待をしてほしいというのである。東京と大陸との間を往来する高級軍医が食事らしい食事の出なくなった旅館をさけて病院を利用するのがこのところ慣例になっていた。

　気疲れのする接待ではあったが久し振りの酒に私自身もかなり酔った。しかし、それでも最後の一人が杯を伏せるのを見とどけて寝台に横になったのは夜もかなりふけていた。隣に枕を並べた将校のいびきに悩まされてなかなか寝つけず、うとうとしかけたところを衛兵にゆり起こされた。戸坂村で病人がどうとかいうのを押し問答したまでは覚えている。無理にひき起こされて誰かの自転車の後ろに乗せられたが、そのあたりからはっきりしない。ゆれる荷台から落ちそうになって前の人の帯をしっかりつかんだ眼に、星を砕く太田川の水を見た覚えがあった。

　昨日まで滞在していた戸坂村の、ここは時々診察に呼ばれた患者の表座敷と気づいて私ははね起きた。時計は八時を少しまわっている。どう急いでも病院（広島陸軍病院）の始業に間に合う時間ではない。床を並べて寝たこの家の主人はとっくに起き出たのだろう。裏で水を汲む音がしている。手早くふとんをたたんで床の間の軍刀を腰に吊りながらあらためて病人の脇に膝をついた。発作はしずまって静かに寝息をたてている。腰の携帯嚢から注射器をとり出してアルコール消毒をすますと、注射薬のアンプルを切り始めた。

　開け放した座敷から雲一つない八月六日の夏空が眩しく輝きわたっている。と、そのはるか高い彼方を飛行機が一機、銀色に光りながらゆっくり動いていた。（アメリカ側の公式な発表では広島を爆撃したのは「エノラ・ゲイ」「大芸術家」「ボックの車」と名づけられた三機のＢ29で、始めの二機が編隊を組み、あとの一機が少し遅れて広島に侵入、「エノラ・ゲイ」が弾倉に積んだ「ちびっ子（リトル・ボーイ）」――原子爆弾の愛称――を投下、「ボックの車」が写真撮影を行った、とある）

Ｂ29の機影はちょうど、広島の上空へさしかかろうとしていた。いつもの偵察飛行だろう、とそれ以上気にも留めず、注射器の中の空気を押し出してよく寝ている病人の腕をまさにとろうとした。

その瞬間である。かっ、と、あたりが真白にくらんで焔のあつさが顔と腕をふいた。あっと声を出したのは覚えている。注射器をどうしたかは分からない。両手で眼を覆って平蜘蛛（ひらぐも）のようにその場にはいつくばった。匐（はらば）ったまま、わずかに顔をあげて指の間からあたりの様子を伺った。一面の火の海、と予想した眼に空の青さが飛びこむ。嘘のように静かだった。縁先の庭木の葉が微動だにしない。一瞬の閃光と熱風はどこへ去ったのか。今のは夢かと、もう一度、眼をこらして広島の空を見渡した。

その時、広島の街並みをさえぎる丘の連なりの上に、指輪を横たえたような真赤な大きな火の輪が浮かんだ。と、その中心に突然、真白な雲の塊が出来た。それは瞬く間に大きくなり、火の輪を内側から押し広げてたちまちふくれ上がって巨大な火の玉になり、同時に下は広島市を踏みしだく火柱となって立ちはだかった。すると、市をさえぎる山並みの稜線に帯のような真黒な雲が現れた。市の幅いっぱいに広がったその黒雲は、泡をかんで崩れる土用波に似て、一気に丘の斜面をすべりおりると、森を、林を、田や畑を、見るかぎりの万象を巻きこみながら太田川の谷をいっぱいに埋めて戸坂村に向かって押し寄せ始めた。広島全市の土砂と砂塵を一瞬にまくり起こした巨大な爆圧の嵐は、閃光と熱線に遅れるわずか数秒の差で、私の眼に異様に巨大な黒い津波の全容を見せたのである。

　すぐ眼の下の小学校の屋根が朦々（もうもう）とした砂塵のつむじ風に軽々と引きはがされるのを見て、はっ、と腰を落とした時には私の身体がもう空中にすくい上げられていた。雨戸や襖（ふすま）が紙くずのように舞い上がり飛び散る。重い大きな藁葺（わらぶき）屋根が天井もろとも吹きぬかれてポッカリ青空がのぞく。背を丸めて眼を閉じた私は二間つづきの何枚かの畳を飛んで奥の仏壇にいやというほど叩きつけられた。もんどり打ったその上に泥をまじえた大屋根が恐ろしい音をたてて崩れ落ちた。そこ、ここに痛みを感じたが確かめている余裕はなかった。眼や鼻や口に押しこまれた泥を夢中でぬぐいながら明るい方へ向かって動こうとして、病人のいたことを思い出した。胸が早鐘のように鳴る。薄明かりの中に泥をかぶった花模様のふとんの端が眼に入った。その端から小さな手首が白くのぞいている。夢中でその手をつかむと力まかせに引きずり出して縁側まで転がり出る。庭先の広場に横たえると、泥まみれの胸に直接、耳をつけた。歯切れのよい鼓動が規則正しく響いてくる。病人は意識がかえってあたりを不安そうに見まわしたが、恐ろしいのか急に私の両手にしがみついてくる。その手を握りかえしてあらためて広島の空を見た。

見よ。広島に紅蓮の火柱が立つ。緋色に燃えかがやく火柱が無限の高さに貪欲に湧きのぼってゆく。不意に背筋が寒くなって下腹のあたりにいい知れない恐怖がにじり上がってきた。

「私の今、見ているものは何なのか」。二八歳の人生経験にない未知の世界がそこにある。広島全市を火柱の下に踏み敷いて壮大にそびえ立つ「きのこ雲」。幼い頃、目近かで見た浅間山爆発の噴煙も遠く及ばない異様なその巨大さに、私は知らず知らず大地にひざまずいていた。

不気味な風が木々の葉を騒がし始めた。村のあちこちから互いに呼びかわす人の声が聞こえる。一面に霧とまがう砂塵が立ちこめていた。かすんだ視界の上に照りかがやく八月の空があった。その透明な明るさを遮二無二かき消そうとするかのように、猛然と立ち上がった巨人の雲は五彩の光にかがやきながらどこまでもふくれあがっていった。

「すぐ病院に帰らねばならない」私の意識の中にはそのことしかなかった。裏の畠からおろおろしながらこの家の主人が現れたが、巨大な雲の柱を見てその場に座りこんだ。

「孫は大丈夫、泥だらけだが心配ない。すぐ病院へ行くから自転車を貸してほしい」

主人の腕に子どもを抱きとらせて、私はもう自転車を走らせていた。太田川沿いの街道に出るまでの村内の道で、畔道（あぜみち）を走る何人かの姿を見たが声をかけている余裕はなかった。「きのこ雲」につづく乾いた白い道を一散にペダルを踏んだ。人はおろか犬一匹の姿もなかった。行き先をさえぎる巨大な雲の異様な姿が無性に恐ろしかった。あの火の下に、あの雲の下に何が起こっているのだろう。広島陸軍病院の軍医として私にはその下で果たすべき重い任務がある。そんな自覚だけがともすればひるみ勝ちになる足を前へ前へと押しやっていた。

広島の市街までここがちょうど、半ばあたりという石地蔵から山裾が少し後ろに下がって小さな畠がつづく。道はそこからかなり長い直線の下り坂になって再び川にせり出す山の端を急角度に左へ曲る。その曲り角めがけて一瀉千里（いっしゃせんり）に駆け下った私は突然、岩角から急に現れた人影を見て急ブレーキをかけた。自転車がきしんで跳ねて、踊って、草むらに投げ出された。痛みをこらえてはね起きた私は道路の真中に立つその姿を見て思わず息を呑んだ。それは、「人間」ではなかった。それは、ゆれ動きながら私に向かって少しずつ動いてくる。人間の形はしていたが全体が真黒で裸だった。裸の胸から腰から無数のボロ切れがたれ下がり、胸の前に捧げるようにつき出した両の手先から黒い水が滴り落ちている。その顔は、ああ、それは顔なのか。異様に大きな頭、ふくれあがった両の眼、顔半分にまで腫れあがった上下の唇、焼けただれた頭に一すじの毛髪もない。私は息を呑んで後ずさりした。ボロと見たのは人間の生皮、滴り落ちる黒い水は血液だった。男とも女とも、兵隊とも一般人とも見分けるすべのない焼け焦げた人間の肉塊が引きはがれた生皮をぶらさげてそこにあった。まだ少しは眼が見えるのか、私に向かってうめき声をあげながら両手を差し出して、よろけ、もつれて二、三歩足をいそがせたが、それが最後の力だったのであろう。その場にばったり倒れてしまった。駆け寄って私は脈をとろうとした。しかし、手をふれる皮膚らしいところはその肉塊の腕にはどこにも残っていなかった。呆然と立ちすくむ私の前でその人は二、三度ひくひくっと痙攣（けいれん）して動かなくなってしまった。誰か人手をと思ってあたりを見まわしたが、間に合う距離に人家もない。とにかく広島へ急がねば、と自転車を立て直して進みかけた私の足はその場に釘づけになったまま、動かなかった。焼けて、焦げて、ただれて、生皮のはがれた血の滴る群像が道いっぱいにひしめいて、うごめきながら、行く手をふさいでいたのである。立っている人、寄り添っている人、いざる人、匐（はらば）う人、どの姿にも人間を意識させる何一つのしるしはなかった。

　どうすればよいか、私には分からなかった。とりすがられても治療の道具、薬品一つ持ち合わせていない。といって、急ぐからと悲惨なこの重傷の人たちを押し分けて通る勇気はさらになかった。恐らく広島までの道は行けば行くほど負傷者で埋まっているにちがいない。私はとっさに自転車を道ばたの草むらに投げすてると、いきなり、太田川の流れの中に飛びこんだ。

岸に生い茂る夏草の下を腰まで水につかって息を切らせながら一目散に川を下った。水を求めて街道から堤の斜面に転がり落ち、灌木にからまって息の絶えた死骸をいくつ見たことか。やがて真黒な煙が風を呼んで水面に渦を巻き始める。行く手はすでに焰でも舞うのか、熱風が川面を吹いて息苦しくさえなる。

急に川底の岩が砂に変わり、あたりの気配で私は長寿園まで来たことを知った。七本に分かれる太田川が最初に左へ分かれる猿猴（えんこう）川に入りこんだらしい。真黒な熱風が前後左右を渦を巻いて襲いかかってくる。その度に私は頭から水にもぐり、息をつめては、また顔をあげる。真夏の明るい空はどこにもなく、横なぐりの烈風が水しぶきをあげて頰を叩いた。

突然、煙の中に真黒な橋を見た。特徴のあるその形で工兵橋と知る。もし私が戸坂（へさか）街道を自転車で来たとしたらこの橋を対岸へ渡って広島市へ入るのである。右に向きを変えて流れを横切り始めた時、急に風が変わって今まであたりを閉ざしていた真黒な煙が吸いこまれるように下流に消えると、不意に青空が現れてあたりが真昼の光にかがやきわたった。

広々とした長寿園の汀(なぎさ)は見るかぎり焼けただれた肉塊でぎっしり埋まっている。倒れたままの姿はすでに息絶えた屍体なのだろうか。折り重なって倒れ伏すその上を乗りこえて後から後から水から岸に這い出るその数は数えようもなかった。対岸に渡る釣橋は釣り手のあたりにちりちりと焰をちりばめて黒煙をあげている。その火の中を虫が這うように赤く焼けた肉体がうごめいている。対岸の工兵隊の兵舎が今、まさに爆発の真最中だった。火焰をつつむ黒煙が風を巻き、時々、大音響とともに爆発する火勢が花火となってその煙を赤く染める。燃え上がる火に追われて人々が対岸から次々と川の中にこぼれ落ちるように飛びこんでいた。市内に入るどころか、私はそこから一歩も動けなかった。腰から下を水につけて流れの中に呆然と立つ私の周りを顔を失なった裸の群れがちょうど、幽霊のように両手を前につき出して無言で過ぎて通る。人間らしい言葉は一つもなかった。

息の絶えた屍体が、そのいくつかは水面に浮いて、そのいくつかは水中を漂って私の身体に突き当たり、向きを変えて川下へ流れ去る。そんな中に、いたいけな小さな姿をいくつも見た。そのたびに泣くまいと奥歯をかんで空を見上げた。さかまく黒煙のその上に嘘のように明るくかがやく夏空に、傘を開ききった壮大な「きのこ雲」が五色に輝いて私を見下ろしていた。

いきなり後ろから名を呼ばれた。呼び捨てられて上官と知ったが、眼の前に両脇を支えられて立つ姿を、最近着任したばかりの庶務課長鈴木中佐と知るまでかなりの時間がかかった。軍刀を杖にして辛うじて立った上半身は焼け焦げた肉塊だった。

「残念だ。広島陸軍病院は全滅した。院長閣下の留守にこんなことになって申し訳ない。……わしは……」

言いたかった言葉はそんなことだったのだろうか。息切れがはげしくほとんど言葉にならない。手を貸して水のない砂地までいざなったが、あとは何か分からぬことを口走りながら崩れるようにうずくまってしまった。（広島陸軍病院の生存被爆者、永田正雄衛生中尉の手記『広島市原爆戦災誌』第一巻、第一編総説――によると、午前九時前、工兵橋北詰附近で永田中尉は焼けただれた庶務課長に声をかけられ、命令を口達されている。私が同じ場所に到着したのは少なくとも一〇時半から一一時頃と思われるので、庶務課長はその間、長寿園の汀に横たわっていたらしい。永田中尉の手記では工兵橋で不帰の客となったとあるが、庶務課長はその後戸坂分院までゆかれ、十数日後、息をひきとられた）

どのくらいその場に立っていたのか記憶はさだかではない。見る者すべてが焼けただれたむごたらしい姿なのに比べて、たった一人、まともな格好をしている自分の方が異常のような気がしてきて、狂うのではないかと非常な恐怖におそわれたことを覚えている。

ふと気がつくと一〇人くらいの兵隊を乗せた和船が川を下ってきた。将校が水中へ飛び降りて近づいてくる。戸坂村の一つ上流の隣村で私と同様、穴掘り工事をやっていた他部隊の顔見知りの将校だった。私が出てきた戸坂村にはもう、数え切れないくらい負傷者が入りこんでいるから、すぐ引き返して救援にあたれ、という。広島陸軍病院には責任がある。無断で離れるわけにはゆかぬ、と抵抗する私に、「この火の中へ入れると思うか、治療は軍医にしか出来ないことだ。病院へは自分たちが行って伝えるから」との理にかなった説得に私はようやく引き返す決心をした。握手をかわした若い将校が川の水を頭からかぶって兵とともに火の中へ下ってゆくのを見送ると、そのまま戸坂村へ向かって川をのぼり始めた。

水を分けて川をのぼっての戸坂村までの距離は途方もなく長かった。時計は水に濡れてとっくに用をなさなくなっている。あえぎながらようやく見覚えのある堤防の階段をのぼって街道に立った私は思わずそこへ座りこんでしまった。足が立たぬほど疲れもはげしかったが、眼前に見る村の様子に正直、度胆をぬかれたのである。

川沿いに北へ走る街道と、広島市から中山峠を越えてくる街道が交叉するT字路を中心に、道路といわず、学校の校庭といわず、乾いた土の上は見る限り、足の踏み場もない負傷者の群れだった。屋根を飛ばされて壊れた校舎の残骸が校庭に散乱する小学校も無惨だったが、それにも増して眼を奪うのは大地に折り重なった肉塊の数である。道に倒れ伏した屍体を乗りこえて引きも切らず、後から後から血みどろの集団が入りこんでゆく。死臭と血の匂いと肉の焼けた異様な臭気があたりに満ちていた。

校庭の隅に臨時につくられた治療所では藤本大尉以下の戸坂分院の面々と安佐の飯室分院から駆けつけた応援の医療班が机を並べてすでに応急処置を始めていた。負傷者は三列に並んで順番を待っていたが、待ちきれずに倒れて動かなくなる者もあった。

「おーっ、帰ったな。どうだった」

婦人の全身につき刺さったガラス片を抜き取りながら藤本分院長が大声を出す。

「工兵橋から先は火で入れませんでした。すぐ手伝います」

「それより役場へ行って飯のことを指示してくれ。今夜はどうせ徹夜になる」

学校に隣接した役場には村長以下、村の幹部が顔を集めて相談している最中だった。立場上、私が指揮をする形になった。

「なんとかしてつかあさい。どもなりまへんで」

本当に困ったという顔で村長が窓の外を指さした。田んぼの畔道に村の人たちがあちらにひと並び、こちらに一列と、まるで、電線にとまる雀のように腕を組んで立ちつくしている。村中の家という家に血だらけの負傷者がぞろぞろ上がりこんで座敷に倒れ伏し、恐ろしさに逃げ出した家人が途方にくれて畔道に並んでいたのである。

村中の人たちを集めること。村が保管している軍の疎開米を出して炊き出しの態勢をつくること。あるだけの大豆油とボロ切れを集めて火傷の治療班をつくること。急いで焼場をつくること。手短かに指示をする私の言葉に「このあたりじゃ土葬ばかりで焼いたこたあないのう」と不服そうな声が出る。「埋めるというのなら埋めるがいい。ざっと見ただけでもう二百や三百じゃきかない。村中の田んぼを全部、掘りますか」と言われて納得し、学校裏の村有林に臨時の火葬場をつくることが決められた。

村民の大部分は年寄り夫婦と小学生の生徒、それに赤ん坊だった。屈強な若者はすべて戦場に出かけ、働き盛りは男も女も早朝から広島市内へ動員されていた。それでも、愛国婦人会の襷（たすき）をかけた婦人たちが炊き出しの準備に散ってゆく。男たちの何人かが作業隊の兵隊をたすけて屍体の整理を始めた。二本の青竹に荒縄を編んだにわかづくりの担架に乗せて、怖ろしい形相をした屍体を何十、何百と運んだ。それは人間の遺体からはほど遠い黒焦げの肉の塊にすぎなかった。感傷や涙の入る余地はここにはなかった。一人でも半人でもまだ息のある者をなんとか人間にかえす仕事が必要だった。そして、被爆者はなお、引きも切らず戸坂村を目指して「きのこ雲」の下から避難をつづけていたのである。

婦人たちの手で炊きあげられた飯が手早くむすびに握られる。しかし、それが失敗と分かってむすびは再度、ゆるい粥（かゆ）に煮かえされた。手を焼かれ、顔を焼かれた負傷者にはむすびを口に運ぶことも噛むこともできなかった。粥を入れたバケツを提げて、倒れている負傷者の口にしゃくしで粥を流しこむのは小学生の役だった。「いいか、死んだもんにはやらんでもええだぞ」そんなことを念を押す年寄りもいたが、言われるまでもなく、大人でも正視することのできない怖ろしい屍体には子どもたちは近寄ろうともしなかった。

　校庭や道路に所かまわず転がっていた負傷者が少しは整理されて、莚（むしろ）の上へ横たえられた。しかし、心づくしのその莚の上で多くの者が屍体にかわり、青竹の担架で運び出されて行く。その後をすぐ新しい負傷者が埋めた。

　ほとんどが火傷に外傷を合併していた。衛生兵と婦人会の何人かが油を入れたバケツを片手にボロ切れに油をひたして、横たわっている患者の火傷にぬりつけて歩いた。誰の智恵なのか大きな木の葉をぬらして創面を覆う者もいた。

　私も加わって四人の軍医は応急処置に没頭した。数日前に要員だけが着任した戸坂分院には医療器械も薬品も一部しか届いていなかった。昼前、可部（かべ）の倉庫からトラックで運ばれた医療材料ももう底をついていた。出征している村の開業医の家族の好意で提供された小外科の器械が、大変役に立った。使えるかぎりの資材が集められ、止血、縫合、ガラス片の除去、創傷治療、時には緊急の関節離断までが行われた。私も何人かの裂傷を縫い、何人かの頭や顔や腹からガラス片を抜き取った。

火のついたように泣き叫ぶ四、五歳の男の子がいた。抱えられて連れてこられたその子はどこにも火傷がなかった。丸裸の腹に大きなガラス片がつき刺さり、傷口からあじさいの花のように臓物が飛び出していた。泥まみれの組織の中に腸管のないことを確かめてその根元を縛り、切断した。泣く声もかれて意識を失なった男の子を村人の一人が自分の家へ引き取っていった。

倒れたコンクリートの塀の下に腕を取られ、危ないところを助け出されて逃げてきた老婆がいた。腕は肘の上で砕け皮膚だけでぶらさがっている状態。手先はすでに変色していて切断する以外に救う道がなかった。戸板に縛りつけてすぐ手術が行われた。ようやく左腕が切り離される。うめき切れずに昏倒した老婆のその腕を受け取った娘が、意外の重さに持ち切れずその場に落とした。血の滴る腕が戸板の縁をはねて思わぬ遠くまで生きもののように転がる。不気味に白いその指がようやく陽の傾いた広島の空を指さして止まった。

上半身を焼き焦がした若い娘がいた。一糸も身にまとっていなかった。腹から下は全く無傷で泥にまみれていたが、その肌の白さが気味の悪いほど人の眼を惹いた。村の婦人の誰かが見かねて布をその腰に巻いた。娘はすでに狂っていた。むごたらしく焼けたその顔をひきつらせて何度巻きつけてもその布をはぎ取って引きさき、何か分からぬことを口走りながら負傷者と屍体のいりまじった校庭を歩きまわった。時には負傷者につまづき、死体を踏んで倒れた。そのたびに若い女性の白い太腿が異様な生きもののように人々をおびやかした。たまりかねて誰かが抱きとめようとしてもつれて倒れた。女は眼の前の誰とも分からぬ屍体にとりすがって激しく泣き始めた。

陽が西に落ちて、形を崩した「きのこ雲」の巨大な姿が妖しく頭上を覆っていた。

私は休む間もなく治療をつづけていた。顔から胸にかけて激しく焼けた若い娘の胸に食い入った大きなガラス片を抜き取ろうとしていた。とがった細い切先を先にして皮下にもぐりこんだ不安定なガラス板を小さな傷口から抜き出すには、かなり慎重な手技が必要だった。

すぐそばに先ほどから赤ん坊を負ぶった若い母親が今にも私につかみかからんばかりにしながら泣き口説いていた。髪も顔も胸まで焼けて凄惨な容貌をしていた。繰り返し聞かされて覚えてしまった繰り言である。

「あっという間に火につつまれたわが家の中で三人の子どもが焼け死ぬのをこの眼で見ながら、一人だけ残ったこの子を背負って逃げて来た。背中の子はいわば三人の身代わり。今すぐ、この子の命を助けてくれろ」

というのである。負われた子は誕生日前であろう。太腿の後ろを大きく切り裂かれて、すでに冷たくなっていた。何度言い聞かせても理解のできる状態ではない。

私はコッヘル（外科手術で物をはさむときに使う鋏形の金属器具。鉗子）の先にようやくくわえたガラス片を折らないように全神経を指先に集めて、まさに、引き抜こうとした、その時、押さえられていた腕を振りほどいた母親がわっと私にすがりついた。ガラスが砕けて破片は深く乳房の奥に食い入った。一瞬、周りの人が息を呑んだ。

「助けてあげる、さ、下ろすんだ」

私は空に向かって手を合わせて拝む母親の腕をつかむと、固く結んだ荒縄を切って子どもを抱きとった。冷たいその皮膚はどこも焦げていなかった。切り裂かれた大きな傷口にヨードチンキをたっぷりつけると看護婦が有り切れで丁寧に縛りあげた。

「さ、今夜は起こすんじゃないよ。向こうへ行って休むんだ。明日、乳がよく出るように」

母親は嬉しそうに私に向かって手を合わせると血だらけの胸にわが子を抱いてどこともなく去って行った。周りの者がこらえ切れずにわっと泣いた。人間の声が、言葉が初めて通い合った思いがした。私の両眼からも涙があふれそうになった。私は歯を喰いしばって泣くまいとした。泣けばもう一瞬もそこに立ちつづける勇気が消えてしまいそうに思えた。

全村をあげて野戦病院と化した戸坂村にやがて夜が訪れた。星明かりの空を覆う「きのこ雲」の奇怪な姿は昼間にも増して不気味で威圧的だった。燃えつづける広島市の空が赤く焼けていた。

うめく声、叫ぶ声、すすり泣く声、どなる声、様々な人間の赤裸々な声がいりまじる校庭を、心ない風が裏山の木々を鳴らしてわたってゆく。太田川の水音がいつに変わらぬ時を数えて南へはしっていた。

蠟燭の灯を頼りに治療は夜を徹してつづけられていた。夜になっても二つの街道から流れこむ負傷者の数は引きも切らなかった。兵隊と村民の運ぶ担架は休む暇なく遠い山裾の林までの道を往復していたが、いくら運んでもあとから、あとから犠牲者の数は絶えなかった。

軍曹が眼をくぼませて報告に来る。三〇〇体近くを運んだが道路に横たわる遺体はなお数え切れない。担架隊はもう足が動かないから後は明日にしてよいかという。みんな疲れて交代する者もなかった。うなずいた私に敬礼して軍曹が背を返した時、

「敵機だっ」

「また、来たぞ」

「火を消せっ」

大声と同時に誰かが灯を吹き消した。耳馴れたＢ29の爆音が遠い空の果てから響いてくる。校内がしーんと静まりかえった。誰の胸にも氷のように冷たい恐怖がにじり寄ってい

た。今にも、あの閃光が光りはしないか。今朝の八時一五分の身の毛のよだつ一瞬がみんなの心をとらえていた。爆音は、息をひそめた人々の恐怖を引きのばすように、金属音を遠く近く波打たせながら次第にうすれて遠ざかって行った。

「畜生っ。なんてことをしやがる。女、子どもをこんな目に遭わせやがって」

誰かの悲痛な声が闇をつらぬいた。

「おかあちゃーん」

子どもの金切り声が胸をつきさす。こらえ切れない号泣が小学校の廃虚の夜をゆり動かした。

私は黙ってその場を離れると誰もいない一隅を求めて足を運んだ。濡らしたまま胸のかくしに入れた煙草をぬき出してマッチをすった。黄色い火の輪は私の頬を流れた涙をうつしたはずだった。

「誰か、誰か来てくれーっ」

けたたましい声がした。声は表門から聞こえる。闇をすかして眼をやると、うずくまった黒い影を数人がかこんでいる。振り乱した髪の長さで女と知れた。

「大出血でありますっ。すぐにっ」

負傷者の間を縫うようにして駆けつけると夜目にも蒼白な婦人の顔があった。左手に乳飲み児を抱きかかえ、はだけた胸を押さえる右手の間から時を切って糸のように血が噴出していた。

「しっかり押さえてろっ」

「手をゆるめるなっ」

みんなのはげましの声に応ずるように救急処置班がかけつける。婦人は意外に元気だった。

「私は医者の妻です。止血していただければお手伝いさせていただきます。多少の心得はありますから」

「どちらから」

「西白島（はくしま）です」

「御主人は」

「わかりません。息があればどこかでお役に立っているはずです」

消毒の終わったコッヘルを手早く傷口に入れる。蠟燭の灯の下で手荒く針をかける。血にすべる指先に必死の意志を集めて私は生あたたかい胸の肉の中でしっかりと糸を結んだ。何度かうめき声をもらして耐えた婦人は、縫い終わって立ち上がった私の足元で静かに子どもを抱き寄せていた。

見よ！　一望の焼け野原

昭和二〇（一九四五）年八月七日も広島の朝は快晴に明けた。引きも切らず村にたどりつく負傷者の数が小さな村を埋めつくしていた。身内や縁者をたずねる遠来の人たちが繰りこんで、焼け焦げた負傷者と屍体に満ち満ちた広島陸軍病院戸坂(へさか)分院は足の踏み場もないほどごったがえしていた。

早朝、山陰の太田分院から数名の兵員が偵察をかねて到着した。そして、昨日、殺到する負傷者を収容するため急遽、戸坂駅（当時は信号所）の裏山の林間に建てられた林間病棟の支援にでかけていった。

夜の白むのを合図に青竹を縄で編んだ担架隊が活動を始めた。山かげの雑木林に設けられた臨時の火葬場に火が入れられたが、昨日一日ですでに百体は焼いたとか。村中の焚き木の貯えが底をつき、一部はやむなく小指だけを焼いて遺体は村有林の谷間に埋めたと聞いている。やがて、朝靄(もや)にまじって立ちのぼるうす煙が朝日に染められてうす桃色にかがやき始めた。

誰も一睡もしていなかった。炊き出しの握り飯を口に運ぶ指先に血の匂いがしても少しも気にならなくなっていた。咽喉（のど）につかえるのを水と一緒に流しこみながら、長蛇の列をつくる負傷者の応急処置に没頭していた。

一〇時頃、方面軍司令部からの緊急召集命令がどこからともなく伝えられてきた。折よく山口県の分院から三人の軍医をふくむ数十名の救援隊が到着、人手が一挙に増えたのを機会に、市内の偵察をかねて私が連絡に行くことになった。

昨日、夢中で走った太田川沿いの街道を私は黙々と歩いた。「きのこ雲」はすでに原型をとどめぬまでに流れ崩れ、平凡なうす雲となって広島の空にたなびいている。いたるところで黒焦げの屍体が道をふさいでいた。ものを言う力もない火ぶくれした肉塊が乾いた眼を動かして私の姿を追う。唇が動くのは「水を」とうめくのであろう。街道の右下を太田川の水が陽をはねてとうとうと南へ流れ下っていた。長寿園に入る手前で工兵隊の射撃場を横切る。累々と横たわる死骸の間を匐（はらば）うように動く焼けた肉塊があった。力なく差しのべる手を握りながら水筒の水を蓋にとって唇にたらした。何が言いたいのか必死に見つめてくる眼の意外に澄んだ色が悲しかった。

やがて工兵橋に着く。焼け焦げたまま落ちもせぬ釣橋にいくつかの真黒な裸体がまるで生きてでもいるようにとりついている。跡かたもなく焼け落ちた工兵隊の敷地一面にまだ、もうもうと白煙がたち、赤くいこった炭火の山をかすかな風が小さな焔を呼び起こして吹いて通る。道はここから山陽線の鉄路の下をくぐって市内に入るのである。私は土手に登って枕木の燃えた線路の上に立った。

見よ、一望の焼け野原。眼をさえぎるいくつかのビルの残骸がわずかに残るその向こうに、嘘のように白く光る真昼の海があった。目指す広島城の天守閣は崩れ落ちてすでになく、街はただ、茫々（ぼうぼう）と焼けつくした瓦礫（がれき）の原と化していた。

あちこちに色とりどりのうす煙が立ちのぼっている。その間を人影が列をつくって動いていた。残留放射能がこの人たちの多くの命を奪うことになろうなど、この時はまだ誰にも分かっていなかった。

軍司令部の位置を教える石垣に向かって私は土手を駆け下りた。密集した家々が焼け崩れて瓦礫と灰と石塊が道を覆いつくしている。切れ落ちた何条もの電線がうねり続いて道のあった位置を教えていた。

広島城跡への見当をつけると電線を道しるべに歩き始めた。踏み出すと灰はまだ熱く、そこここに火の色を残している。長靴の下に焦げた肉と骨があった。時にはうめく声さえ聞いた気がする。

やがて、第二陸軍病院の焼け跡に出る。わずか八ヶ月にすぎなかったが数々の想い出が胸をかけめぐった。親しんだ人たちの何人が無事にここから出られたことか。涙がとめどもなくあふれて乾いた頰を流れた。緑の芝生が憎いほど鮮やかな本部の前庭に三つの屍体を見た。誰とも見分けるすべのない炭の塊りにすぎなかった。炊事場のあたりに水びたしになった二頭の馬の屍体があった。あの火の中でどのような死に様をしたのか、焼け残った一部の皮膚の濡れて黒光りする異様なみずみずしさが眼を射る。破れた水道管からきれいな水が音をたてて流れ出していた。そこから向こうは一目でそれと分かる病棟の焼け跡に鉄の寝台が乱れながらも整然と並んでいる。爆圧の強さを教えるのか、脚が全部、一せいに飴のように折れ曲がっている。動かすのに骨の折れるあの重く頑丈な鉄の骨組みを瞬間に真上から押しつぶすとは一体、どのような力だったのだろう。飛び出した二つの眼玉を胸の前にぶらさげた屍体。肛門からはらわたがはみ出た屍体。昨日からいくつか見たそんな屍体の物語る意味が今になってあらためて胸にこたえる思いがした。火を見る前に恐らく全員が即死してしまったのであろう。一つ一つの寝台の上に灰をかぶった傷病兵の骨が一体ずつ、まるで嘘のように並んで横たわっていた。

芝生の土手を越えて地続きの第二部隊の営庭に出る。朝の間げいこ（体操）の時間に直撃されたにちがいない。一定の間隔を保って整然と並んだ無数の屍体が転がっていた。一様に顔の半面と左腕が焼けている。

足を早めて堀端に出た。苔むした石垣をうつす水面に蓮の葉が昨日に変わらぬ古城のたたずまいを見せていたが、枝振りを誇った老木が幹を裂かれて半身を水に落とした姿が無惨だった。そこここに腹を見せて浮いた魚を見たが、水中を動く小魚の背が一様に白く焼けていたのが印象的だった。日露戦役大本営跡の史跡となっていた黒塗りの楼門は焼け落ちて赤い炭火の山がところどころまだ小さな焔をあげていた。営兵の姿はもちろんない。城内に入ると築山の芝生の間を縫って道はいくつにも分かれる。いつもなら目標になる天守閣がないままにうろ覚えの小道を奥にすすむうち小さな池のほとりに出た。と、大きな樹の根元に一人の人間の姿を見た。下ばき一枚の全裸の肌が異様に白い。「外人捕虜」、とっさにそう思った。射落とされた敵機の乗員なのであろう。幹の根元に後ろ手に縛られて投げ出した脚がやたらに長い。足音に気づいてこちらを向いた顔はまだ童顔だった。物怖じもせず身体をいざらせて盛んに何かを訴える。その声の意味は分からなかったが「水」を求めているらしいと知った。水筒の水はすでにない。反射的に私は池の水を見た。よどんだ水面が宙天の陽をうつして眩しく光っている。東京の、大阪の、日本のすべての都市を焼いた敵兵の一人。ちらっとそんな考えが浮かんだが迷いは一瞬だった。無言で近寄ると後ろに立って両手を縛った麻縄を軍刀の鍔元（つばもと）で断ち切った。自由にされた意味をはかりかねたのか、腰をついたまま後ずさりしてじっと私を見つめてくる。私は黙って池の水を指さすと急いで立ち去ろうとした。わめくように何か呼びかけてくる。

「ワッチャネイム」

何度か繰り返す言葉の響きで名を聞かれたと知った。じっと見つめてくる眼が涼しい。迷ったが、

「ドクター・ヒダ」

と答えて背を返した。広島では戦争をつづける意志は完全に消滅していたが「戦争」はまだ続いていた。捕虜を無断で放つことの意味が私の胸を早鐘のように打ちつづけた。

うず高く積み上がった天守閣の残骸を背に方面軍司令部があった。司令部といっても天幕一張りあるわけではない。全身を繃帯に包んで眼だけの高級将校が石垣に立てかけた担架に身をもたせていた。その周りを血を滲ませた繃帯姿の将校らしい数人がとり囲んでうずくまっている。ひとりが捧持する竿だけになった軍旗が辛うじてその一団の権威を誇示していた。その前に整然と並んで腰を下ろしている集団の中の一人が立って報告していた。立っているのもやっとらしい火傷姿だったが、声だけは大きく城の広場に響いて通る。「西部第〇〇部隊、総員一千何百何十……、現在員四名、死者多数なるも詳細不明」。つづいてその隣が立つ。

ていた。

どこまで聞いても現在員の数が一〇名を越える報告はない。広島陸軍は文字通り消滅していた。

そこにいるすべての者が傷つき、焼けただれてすさまじい形相をしている中で、汗と埃に汚れているとはいえ一通り整った身なりの私の存在は異様にさえ見えたにちがいない。最後に報告の番がまわった私に複雑な視線が集中する。「どこにおった」と問う声で眼だけの繃帯姿は元大本営報道部長、松村大佐と知った。第二総軍創設準備の段階で、軍医部の人選で何度か呼ばれた覚えがある。私は手短かに戸坂分院の状況を報告した。入院患者をふくめて第一、第二の両陸軍病院の総員は千六百名は越えていたと記憶している。その中で確実に生き残ったのは大阪へ出張中の元吉院長をいれても私と戸坂分院の軍医三名以下、下士官、兵、看護婦、計三〇名前後、あとは一切、消息不明だった。

捕虜の縄を切った後ろめたさがとがめて、治療の多忙を口実に私は早々に城を離れた。軍司令部への報告という任務は一応終わったので、いよいよ、基町の第一陸軍病院の焼け跡に向かう。五日の夜、出張中で会えなかった近藤少尉がどこか遠くにいてくれたらと密かに願ったのだが、昨夜おそく戸坂にたどりついた病院の下士官の言葉で、「爆発の直後、火の出始めた病理の前庭で上半身を焼かれた近藤少尉が倒れているのを見た」と聞かされた。多数の中の一人だったし、無我夢中だったので確かとはいえないが、動いているようには見えなかったともいう。

どこかで生きていてほしい、という気持ちに変わりはなかったが、ひときわ、すさまじい病院の焼け跡の惨状がそんな願いを断ち切ってしまった。正門と思われるあたりに数個の屍体を見た。恐らく衛兵だったのであろう。本館の入口に明らかに女性と分かる焼死体があった。見渡したが、私が教育隊に転出したあと新しくつくられたばかりなので建物の配置にあまり記憶がない。いろいろと推定してこの辺が病理試験室のあったところと訪ね歩いたが、どこも累々と散在する骨また骨、ざっと見ても五百や六百ではなかった。異様な臭気の漂う瓦礫の原に立って一心に涙をこらえる私の胸に、戸坂村の宿舎のかまどの火にくべた手紙の文字と酒を汲んで語り明かしたあの夜の近藤少尉の言葉が生き生きとよみがえっていた。

「戦争という不合理の源泉に眼を閉ざして、派生する抹消の不合理にどう憤っても『虚しさ』だけが積み重なるのみ」との痛烈な指摘はまだ生々しく胸につき刺さっている。「勇気をふるって戦争を終わらせる努力をすべき時」と、みんなが心のなかで考えながら、どうしても言えなかったその言葉をなぜ、私を選んで書き送ったのか。せんじつめて、いったい何を私に伝えたかったのか。はっきりさせなければならない大事な問題がそこにあっを返した。

た。しかし今は、腰をすえてものを考える時ではない。心ばかりの手向けの合掌をして足

どこまで歩いても瓦礫と屍体の広島の街を私は真直ぐ駅に向かった。爆発のちょうどその時刻に故郷の近くの病院へ転送が決まった何人かの傷病兵が広島駅にいたはずだった。その中にハンセン氏病棟の患者がいた。最初の週番勤務の夜、伝染病棟の更に奥に厳重に隔離されたハンセン氏病棟があり、そこで息をしのばせてひっそり生きているハンセン氏病患者のきびしい生きざまに打たれて、私は何ヶ月か彼らの担当をかって出た。別に何をしたという訳もない。視力の落ちた彼らのために小説などを夜、声を出して読んで聞かせる程度のことがいくらかでもその人たちの明日への意欲をかきたてたのである。目をかけたその一人一人の顔を思い浮かべながら炎天の市電の道を一散に歩いた。軌道をはずれた電車が焼けて骨だけになった車体の中に立ったまま焦げたいくつもの黒い屍体を見た。

駅にはさすがに人の姿が多かった。身内の安否をたずねる人々が線路を歩いて続々と集まってきている。醜く折れ曲がった鉄傘の下で幹線鉄道を通す作業がもう始まっていた。広場からはさすがに屍体はとり片づけられて、焼けただれた駅舎の龍骨のかげで遺体を焼く煙が特有の匂いを漂わせていた。

試みにあたりの人に話しかけてみたがいずれも遠くから駆けつけた者ばかりで、あの瞬

間の駅の様子を知る人がいるはずもなかった。私は足元の土を一つまみ指先にとって掌にのせた。知人をしのぶ砂粒に焼けた広島の匂いがしていた。

この日、太田分院から准尉以下六人、山口県の高水分院から軍医三人をふくむ四〇人、下松の花岡分院から分隊長の軍医中佐を先頭に四二人が戸坂に到着、戸坂分院の陣容は一挙にふくれあがった。

戸坂村に集まった負傷者の容態に得体の知れない急変が起こり始めたのは被爆後、五、六日もたった頃のように思える。異常は当然、それ以前から起こっていたのであろうが、重度の火傷と外傷で次々と死亡してゆく不幸な犠牲者の症状の変化を詳しく診ている余裕がなかったというべきなのかも知れない。

五日もたつと死ぬほどの人たちは大方が鬼籍に入り、かなり重症と思えた人たちにも火傷にかぎっていえば少しずつ、快方に向かうきざしが見え始めていた。ほとんどの者が全身にガラスの破片創を伴っていて眼をそむけるような凄惨な容貌を呈していたが、比較的火傷の深度が浅くて見た眼よりは恢復の可能性に期待がもて始めていたのである。

この頃には村の人たちの手で校庭に柱が立ち、その上によしずが張られて床こそなかったが莚を敷きつめた野外の病院がととのえられていた。八日の午後、出張先の大阪から院長が帰任して各地から駆けつけた救援の医療班を掌握、指揮を始めてから戸坂分院は村内の各民家の病室をも合わせてなんとか病院としての秩序と機能を恢復し始めていた。死者の数も激増していたがますます増えつづける負傷者の現状を判断して、戸坂に収容している患者のうち担送可能な者を急遽、各地の分院に移送するよう指示された。しかし芸備線開通のめどもたたず、輸送車輛もない中でこの時期に実際に戸坂を離れることのできた者がどれだけいたか疑わしい。軍医の数が少し増えた程度で村を埋めつくす負傷者の大集団への対応が間に合うはずもなく、婦人会はもちろん、歩行可能な患者の手まで借りる有様だった。六日の深夜、乳房を縫って止血した医師の夫人も乳飲み児を村人にあずけて甲斐々々しく手伝ってくれていた。

治療といっても大部分は火傷の処置と外傷の手当てだった。消毒らしい消毒もできない野外での荒っぽい処置にしては意外に化膿性の炎症がほとんど起こらなかった。その代わり、身動きできない重症患者の傷口に血を求めて蠅が群がり、眼といわず鼻といわず耳といわず、真白な大きな蛆が這いまわっていた。「気持ちが悪くても蛆はとらないように」という指示が出された。蛆が膿をきれいに食べてくれていたのである。

異変はまさにそんな時に起こった。何軒かの民家を歩いて重傷患者の処置をして廻るうち、不思議な症状の患者にぶつかった。昨日から高熱がつづいていると家人が言う。若い兵士で顔と左上半身に激しい火傷があり、脱水症状が強くて重傷ではあったが生命に危険があるとは思われなかった。それが全身に汗をかいて湯気のたつほど発熱している。昨日までは笑顔を見せて火傷の清拭をする看護生徒に冗談をいうほど元気だったのが、げっそりと頬がこけて一日で症状が激変したことを示していた。顔から胸部にかけて右半身の健康な皮膚に無数の紫斑が見える。舌圧子(ぜつあつし)でこじあけた口中の扁桃腺と口蓋粘膜が真黒に壊死を起こしており、思わず顔をそむける悪臭が鼻をついた。扁桃腺や咽頭粘膜に炎症があれば高熱の説明はつく。しかし、全身の紫斑と口中の壊疽(えそ)性の変化の原因は見当もつかなかった。とりあえず火傷の処置と強心剤、解熱剤の注射をすませ、リンゲル氏液の皮下注射を指示して次の農家へまわった。九日の夜、玉造分院からの救援隊によって大量のリンゲル氏液が補給され、重症者には少しずつではあったが補液治療が出来るようになっていた。線路沿いに歩いて数軒の農家をまわり、本部へ帰りかけた後を飛ぶように衛生兵が追ってきた。

「大変です。○○が下血しました」

発熱して紫斑の出ていた若い兵と知ってすぐ引き返した。

ふとんから畳にかけての血の海の中で何が苦しいのか患者はもがき苦しんでいる。血液は下血ばかりでなく目尻からも鼻からも口内からも吹き出していた。何が起こったというのだろう。苦しまぎれに手を上げたその掌の下で患者の五分刈りの頭の毛がまるで掃き落としたようにぬけ落ちた。聞いたこともない症状に足がこわばり、手がわなわなと震える。本能的に脈にふれたが、あるかないかのかすかな響きしかない。刺したリンゲル針を守って必死に手足を押さえる看護生徒の顔色も真蒼だった。首を振ってごぼっと血を吐いた動きを最後に、何をする間もなく患者はこと切れてしまった。

　生まれて初めて見る凄惨な死に様にぶつかったのは私一人ではなかった。担当地域を巡回して診療にあたった軍医たちの報告の中に似たような症例がいくつかあって、一同が首をひねってあれこれ意見をのべあっている間に、急変患者が多発し始めた。それはまるで急性伝染病のようにたちまち戸坂村全体にひろがったのである。それも一人、二人と出るのではない。あちらに四人、こちらに六人、とかたまって発病してくる。多彩な症状のうち発熱と下血が共通する症状として、医師団の間では真剣にチフスと赤痢が考えられた。咽頭粘膜の壊疽状変化と不思議な脱毛や紫斑についてはそれを説明できる医学的根拠を示せる者はまだいなかった。強心剤と止血剤にリンゲル注射が望み得る最高の治療だったが、一命をとりとめた例は数えるほどしかなかった。

　人々は五人、八人と時を限ってまるで申し合わせたように同じ時刻に発病し、相前後して死んでいった。そのことは爆心地を中心にした同心円上で等量の放射能をあびた人たちが、ちょうど、放射線をあびせられてモルモットが医学と原子物理学の教える法則通りに発病し死亡するのと全く同じ経過を示したにすぎなかった。しかし、その当時の私たちには大本営の発表した新型強力爆弾という言葉が原子爆弾を意味しているとは知るはずもなく、ほとんどの症例に共通する腸管出血を手がかりにチフスと赤痢を考えていたのである。

村民や患者には内密で深夜、院長の命令で屍体解剖が行われた。雨の降る暗い夜だった。火葬の順番を待つ野積みの屍体の一つをトタン板の上に安置して、院長のさしかける傘の下で蠟燭の灯をたよりに私は遺体の腹部にメスを入れた。目的は腸管の出血巣に炎症所見があるかどうかを検索することにあった。切り開いた腸の粘膜をバケツの水で洗いながらゆれ動く炎を近づけて丹念に調べたが、赤痢を思わせる所見はどこにも見られなかった。これより先、九日の夕刻、玉造分院から駆けつけた分院長飯塚軍医大尉は部下の軍医とともに戸坂作業隊が掘りあげた洞窟の中でようやく手に入れた顕微鏡を駆使して血液検査を精力的に行っていた。そして、骨髄の血液像検査の結果、負傷者には汎骨髄症様の特異所見があること、脱水症状が顕著であることを確認し、本症は、強烈なレントゲン様、またはラジウム光線様の光を発する新型強力爆弾による特異な疾病である疑いが濃厚と考えた。そして治療方針としては、移動の厳禁、安静、栄養、補液、少量頻回の輸血、各種ビタミン、および肝、副腎などの臓器製剤、各種解毒剤などが適当と進言している。しかし、混乱を極めた現地で、この方針は徹底せず、また、承知はしても薬品材料の不足や入手不能、人手不足から火傷、外傷の局所処置に、重症者への辛うじてのリンゲル補液以外は何一つできなかったのが実態であった。

やがて呉の海軍無電室が「使用したのは原子爆弾である」とのアメリカの放送を聞いたという話が伝わって疑問は一瞬に氷解した。今まで説明しきれなかった一連の不思議な症状が急性放射能症による造血機能障害ということで一切、解決するのである。そういうことが分かれば分かるほど、放射能を仕込んだ全く新しい兵器の出現にあらためて身の毛のよだつような恐ろしさを感じていた。

そうと決まったからといって特に効果的な治療法があるわけではない。若い薬剤見習士官の発案でビタミン補給には柿の葉がよいということになり、集めた柿の葉を大釜で煎じて飲ませてまわったのが気休めに似たせめてもの対策だった。

忘れもしない八月一三日、何人もの犠牲者の死の脈をとって言いようのないやりきれなさを噛みしめながら本部に引き上げる途中、私は何とも説明のつかない妙な死亡例にぶつかった。

話を一時、八月六日までさかのぼらなければならない。西白島の白壁をめぐらせた古い街並の一角に田村さんの家はあった。三人の息子を戦地に召されて夫婦二人のひっそりした暮らしだった。その日の朝、朝食の膳に座った御主人は誤って大切な湯呑茶碗を割ってしまった。無類の茶碗好きで、気に入ったのでないと「茶を飲んだ気がしない」という彼は上半身裸のまま、庭先の防空壕の掩蓋（えんがい）を上げて替わりの茶碗をとりに入った。厚い掩蓋を閉めた瞬間、かっと空が燃え、全身にガラスの破片をあびて血まみれになった夫人の背に大音響とともに家が崩れ落ちた。もうもうと立ちこめる砂ぼこりの中ですでにそこに火が出ていた。

御主人が壕から頭を出した途端、真黒な煙の渦の中に炎の色を見た。「火事っ」と、肝をつぶして踊り出た田村さんは、煙の中で幸運にも血にまみれて気を失っている夫人を見つけた。夢中で火の下からひきずり出して肩に背負うと、裸足のまま道路に飛び出す。あちこちから火の手のあがりだした白島の街中を走り迷いながら猿猴（えんこう）川の川原まで逃げた時は心臓が胸から飛び出すかと思ったという。炎をうつした川の水が今にも燃え上がりはしないかと恐怖の夜を水に半身をつけてまんじりともしなかった。

明けて七日、田村さんはうめく力もない夫人を背負って中山峠を越え、夜もかなり遅くなって戸坂村の知人の農家の納屋に厄介になった。田村さん夫婦は同じ白島に住んでいた叔父夫婦の知人ということで私が広島に赴任して以来、懇意にしていただいたという縁があって、その夜半、農家の土間で夫人の全身につき刺さったいくつかのガラス片を抜き取った。

数日後、元気を恢復した田村さんはリヤカーと鍬を借りて猿股一つの裸のまま炎天の広島にとってかえした。散々迷った末、やっと探りあてたわが家の焼跡で瓦礫の下の防空壕の掩蓋(えんがい)を掘り出すと、衣類や夜具など当座の生活用品をリヤカーに積んで戸坂に帰ってきた。

井戸端で汗と埃を洗い流した時、田村さんは両足の膝頭に親指大の水泡がいくつもできているのに気がついた。火傷をした覚えはない。痛みもかゆみもなかった。疲れもあって大して気にもかけずその夜はそのまま寝てしまった。一夜明けると驚いたことに膝から足首までが全部水泡になって、まるで両足にゴム風船をはいたような格好になっていた。ちょうど、夫人の火傷の手当に巡回してきた衛生兵が「陽やけにしては変な場所だな」と言いながら注射器で水泡の水を抜いて消毒して行った。ところが、何時間もたたないうちに水泡は元通りふくれあがってしまった。田村さんは針を借りて自分で水を出してヨードチンキをぬっておいた。ところが、つぶしても、つぶしても水泡は生き物のようにしぶとくふくれあがった。周りで異様な死に様をする人たちが増え始めた折でもあり、なんとなく不安も手伝って一度、診察してほしいと頼まれていたのである。

陽の落ちた村内の細道をたどって田村さんのいる農家の納屋に一歩入った途端、夫にとりすがって泣きくずれている夫人の姿に驚かされた。自分で吐いた血の海の中で田村さんはすでに息絶えていた。

昼頃、この家のそばを通った私を見かけて「帰りに寄ってみてつかあさい。うまい茶をいれておくけん」と手を振った笑顔を見たばかりだった。夫人の涙の声をつづると、昼すぎから田村さんは突然、発熱して全身から滝のように汗をふき出し、痛がって両手でのどのあたりをかきむしったとのこと。やがて鼻血が出て血を吐き始めたという。「わしゃ壕ん中おってピカにあっとらんけん、まさか毛は」と頭をなで上げた掌の下で日頃から自慢の黒々とした髪が嘘のようにぬけ落ちた。

町内の鳶の頭が「どこの壕にも絶対に負けん」と特別、念入りにつくった壕の中にいて直接ピカをあびなかった田村さんが直爆を受けた人たちと全く同じ症状で死んでしまったのは一体、なぜなのだろうか。その謎が解けるまでにその後まだ相当長い時間が必要だった。

担当した地域を毎日巡回して治療をするうち、ひどかった火傷や外傷がよくなって、醜い瘢痕は残しながら時には笑顔を見せるようになった負傷者たちが三人、五人と毎日のように死んでいった。甲斐々々しく立ち働いてくれていた例の乳房を縫った医師夫人も帰らぬ人になった。亡きがらにすがって乳を求める子どもの姿がいじらしくて立ち合った全ての者が声を出して泣いた。死んだ児の治療を私にせがんだ若い母親も子どもの後を追っていった。数日前、細い村道ですれちがった彼女は私を覚えていて、両手にバケツを提げたまま身体を路肩に寄せて深く頭を下げた。醜く半面を焼かれた顔に光る涼しい眼の色を見て、子どもを全て悪魔の火に奪われた悲しみに耐える健気さに打たれたばかりだった。

やがて八月一五日がきた。

山かげで倒壊を免れた校舎の一室で勲章を佩(はい)した元吉院長閣下と黒の礼装に威儀を正した校長と一緒に、私は敗戦の詔勅(しょうちょく)を報じるラジオを聞いた。雑音の中からようやく聞きとったいくつかの言葉をつづってわが国が降服したことを知ったが、そのことの無念さよりも、遅すぎた決断への腹立たしさが先に立っていた。「今こそ戦争を終わらせる努力をすべき時」と書いた近藤少尉のありし日の顔がちらと浮かんだが、今は考える時ではない、と頭を振って立ち上がった。

軍医といっても現役将校の端くれ。戦いを非勢に導いた責任の一端は当然負わねばならない。院長が何か言いたそうに私の方を向いたが、私は会釈して早々に室を立ち去った。あれこれの言葉をかわす前に、医師としてなすべきことがまだ戸坂村にはあまりにも多すぎた。

発病から死亡までの時間に少しずつ長さが加わってはいたが「原爆病」による死亡は少

しも減る様子はなかった。焼場は夜を日についで炎をあげていたが、引きも切らぬ犠牲者の数に追いつけず、順番を待つ遺体が蛆をわかせたまま炎天の畔道に並べられていた。

八月も下旬になるとさすがに戸坂村に集まる被爆者もめっきり減って、一時はどうなることかと思われた在村の被爆者の数も急速に減り始めていた。その中には近在の縁者を頼って四散してゆく者もいたが、大方は時折、回送される芸備線の臨時列車で日本海岸の分院へ運ばれていった。その他に、数えるすべもない異様にうすい煙と化して戸坂の空にたなびいた者のあったことを忘れることは出来ない。

八月の終わりに近いある日、私の胸に今も残る一組の夫婦が死んだ。

その曹長は陸軍病院と地続きの隣の部隊の下士官だった。病理の尾崎曹長とは同期で私とも何度か顔を合わせた間柄だった。この六月に営外居住が許されたのを機会に故郷の熊本から許婚を呼んで、原爆の落ちる三日前に晴れて世帯を持った。六日の朝、曹長は出勤途上で、新婦は新婚の間借りの台所でピカをあびた。二人とも顔から胸にかなりの火傷と外傷を負ったが、幸いに命をとりとめ、どうした偶然か別々に戸坂への街道を逃げてその夜、遅くなって小学校の校庭に横たわっていた。もちろん相手が同じところにいようとは二人とも全く知らなかった。二人を距てていた何人もの重症者が次々と遺体に変わって運び出され、夫婦はいつの間にかすぐ近くに横たわる身となったが、変わり果てた二人の容貌にまさかお互いが最愛の伴侶とは気づかず、そのまま数日が過ぎた。それが次第に体力が恢復して少しは動けるようになった二人はどちらが先に気づいたか、声で相手をそれと知り相抱いて再会に泣いた。二人の出会いはたちまち戸坂の村中にひろまった。地獄さながらの悲惨な苦しみの中で暗く沈んだ人々の心にほのぼのとした生きる喜びを通わす絶好の話題だった。多くの人たちのはげましを受けて二人は日ごとに元気をとり戻し、醜い瘢痕を残しこそすれ、なんとか故郷の熊本まで帰る自信ができるまでになっていた。

その日の朝、山陰線を回って熊本へ帰る手はずをととのえた曹長は村の人たちの心づくしの浴衣に身を包んだ新妻を伴って私に別れのあいさつを言いに来た。敗戦と同時に軍隊が武装解除され、各地の部隊から一斉に復員する将兵で広島を通過する山陽線は列車の屋根まであふれる状態で被爆者の乗り込むすきなど全くなかったのである。

「熊本へ帰ったら一生懸命、米をつくってお国のためにつくします」

眼頭をうるませた曹長がていねいに頭を下げて夫人とともに室を出ようとした。そして敷居につまずいた。いや、つまずいたように見えた。そのまま廊下へ出るはずの曹長が突然、身体を折るように膝をつくと、

「うっ」

とうめいて口を押さえた。その指の間から糸をひくように血が滴り落ちる。あっという間

もない出来事だった。担架を血に染めて病室へ運ばれる曹長にとりすがる夫人の姿を見るに耐えない思いがした。

「血が出たら駄目」という不安を振りはらって全力をあげての治療がつづけられた。とりすがったまま泣きつづける夫人の涙が血の色に変わり、髪の毛がぬけ始めたのは太田川の対岸の峯に陽の色がさし始めた早朝だったという。まさかと手をとって脈にふれた看護婦が驚いて体温計を入れた時はすでに三九度を越えていた。この二人だけはと必死にがんばった甲斐もなくさらに一夜明けた翌朝、ほとんど時刻をたがわず若い夫婦の息が絶えた。

地獄からの出発

生き残った重症者の大部分が広島第一陸軍病院の集結地となった可部の分院に送られ、また、何回かの列車輸送で大方の被爆者が戸坂村を離れていった。ある者は山陰の分院を目指し、ある者は山陰線回りで故郷へ帰って行った。三〇〇戸近い農家に散在していた借り上げの病室はほとんど閉鎖され、残った被爆者の大部分が小学校へ集結した。九州に展開していた諸部隊から派遣された支援の軍医たちも次々と復員して家庭に帰り、戸坂分院には藤本分院長以下、数名の医師が一〇〇名を少し上回る患者とともに残っていた。

噂されていた占領軍の進駐が始まって村はその話で持ち切りになった。女は見境なく襲われるから髪は切った方がよいとか、武器を隠した男はその場で射殺されるとか、無責任な流言蜚語が飛び交うなかで一時は、看護婦に青酸加里の包みが、将校、下士官には拳銃が、兵には手榴弾が一個ずつ配られ、万一、襲撃された時（看護婦は狙われると、本当にそう思っていた）は力いっぱい抵抗して全員、自決しようと真面目に相談していた。

この武器が妙なところで意外な役に立つことになったのである。その頃、広島周辺の村々に疎開されていた軍の資材や食糧が集団で襲われる事件が頻発していた。要求を拒んで殺された者がいるとも聞かされていた。しかし、病院のあるここへは、と油断していたところを十数名に襲われてしまった。

夜の八時過ぎ、重症の患者が亡くなって最後の処置に立ち会っていたところへ村民の一人が真蒼な顔で駆け込んできた。線路下の村の有力者の家に兵隊服の一五、六人が押しかけてきて、蔵を開けろと騒いでいるという。宿舎に帰っている藤本分院長に伝令を走らせると案内の村民につづいてすぐ、走り出した。拳銃のあることがそうした軽率さを招いたとは後で知ったこと。

息を切らせて農家の表に走り込んであっと思った。手に手に抜き身のごぼう剣（兵士が腰にさげていた短い剣のこと）をさげた十数人が蔵の前に群がって口々に何かわめいている。蔵の扉の前の石段の上にこの家の主人らしい夫婦が膝をついて何かを訴えていた。話が通じる状況ではない。何人かが振り向いて私を見た。躊躇はできない。私は拳銃の安全装置をはずすと空に高くさし上げながら一同の脇を全力で駆けぬけると蔵の扉の前に駆け上がった。

「肥田中尉だ。話は俺が聞く。剣を鞘におさめろ」

息は切れたが声はよく通った。緊張で身体を震わせている夫婦をかばうように立ったがけた。

拳銃を握った手のやり場に困っていた。ぶつぶつ呟く声が出て何人かが剣を鞘におさめか

「やいっ、軍隊なんかもう、ねぇんだ。中尉もへちまもあるかっ」

隅の方にいた一人が鉄鞘の軍刀を引き抜くと大股に前へ出てきた。軍服の前をはだけて二度、三度、白刃に素振りをくれた姿には凄みがあった。

「撃てるかよ、中尉さん。こっちは大勢だ、おとなしく蔵を開けてもらおうか」

何度も弾の下をくぐった貫禄なのか、口先でどうとかできる相手ではない。追いつめられた気で拳銃の銃先をこわごわ相手の胸に向けた。銃把を握る小指に次第に力が入る。相手の顔からさっと血の引くのが見えた。今、引き金が落ちるかと見えた瞬間、耳を覆う小銃の一斉射撃が起こった。と、分院の七、八名が大声をあげて走りこんでくると、立ちすくんだ集団に小銃をつきつけていた。

勝負は武器のない彼らの完敗だった。口惜しそうに頭を下げた隊長格の男に私は蔵に疎開されていた大きな重い木箱を一つ出してやった。意趣晴らしに、他の村で暴れられるのが嫌だったからである。二人がかりで担ぐ重い獲物をもらって彼らが闇の中に消えたあと、木箱の中身が軍靴の裏に打つ鉄の鋲と分かって大笑いになったが、こんなことでもしなければ鬱憤の持って行き場のない彼らの気持ちは分からないでもなかった。

残留放射能による犠牲者が出はじめたのもその頃である。九月上旬の新聞に、「もう人体に害なし。爆心地の汚染度は急速に減退」という記事を見たり、「残留放射能」という言葉も耳にはしていたが、どういう仕組みで放射能がいつまで地上に残っているのか、私たちには全く不可解だった。しかし、事実は科学に忠実に進行していたのである。

線路より上の大きな農家の離れ座敷に下肢を骨折して動けない被爆者がいた。屋内被爆で火傷はなく、全身に受けたガラスの破片創も大半は治癒していたが、崩れた家屋の下敷きで骨折した右の大腿に副木固定をして長期の安静を強いられていた患者である。他県から広島県への転勤で四月に単身赴任したばかり。夫人が主人の安否をたずねて広島に入り、比治山下にあった下宿から県庁までの焼け跡を何日も探し歩いたという。方々の収容所や治療所をたんねんに訪ね歩いて、最後にこの戸坂分院で主人にめぐりあうことが出来た。

その夫人が突然、倒れた。まめによく看病するいい奥さんと評判だったのにと、そんなことを話しながら巡回診療のついでに立ち寄って思わず背すじが寒くなった。毛布を胸までかけて横たわっている夫人の白い頸(くび)すじから胸元に不気味な紫色の斑点を見たのである。瞼の裏も爪床もまっ白で怖ろしいほどの貧血だった。

それから夫人がたどった症状の経過は、直接市内で閃光をあびた被爆者と全く同じだった。身動きできない主人の必死に名を呼ぶ声も届かず、ぬけ落ちた黒髪を鮮血に染めて夫人は絶命した。

まるで、それが合図ででもあるかのように、何日もたってから広島市内に入った人たちの中から貧血や下痢や嘔吐など、いわゆる急性放射能症状が出はじめた。もちろんその全てがすぐに死の転帰をとったわけではない。しかし、閃光にも爆風にも全く縁のなかった人たちが、ただ、爆心地近くに入っただけで発病してくるということが、当時の私たちにはどうしても納得できなかった。その典型的な例が一つある。

広島へ赴任して何かと世話になった友人の身内で何度か一緒に食事をしたことのある中島さんの死がそれだった。新築の家が自慢で、一夜、私を夕飯に招き、一六坪に制限された設計ながら全国からの銘木を集めたという苦労話を嬉しそうに語ったその顔が昨日のように思い出される。

中島さんは無類の釣り好きで、八月六日の早朝は大畠の瀬戸に舟を出して無心の糸をたれていた。夫人は新築の中二階の納戸で探しものをしていたという。流石(さすが)に自慢の造りだけあって、爆心から一・二キロの距離にもかかわらず家は倒壊を免れ、夫人はかすり傷一つ負わなかった。少したって隣家から出た火に追われて夫人は饒津(にぎつ)神社下の川原に逃げ、そこで一夜を明かした。

中島さんが、広島が大きな被害を受けたとの話を耳にしたのは正午近くだった。半信半疑で汽車に乗ったが五日市で下ろされてしまった。それから先は不通だった。行く先に巨大な雲の峯を望みながら線路伝いに広島へ着いた時は夜空を真赤に火柱が染めていた。どこをどう歩いたか、夫人らしい姿を饒津神社のあたりで見かけたという人の話を頼りに訪ね訪ねて、水の中に半身をつけて震えている夫人を見つけたのは翌日の早朝近くだった。その日、中山峠を越えた二人は戸坂村の知人の家で休息し、私が戸坂村にいることも知らず太田川上流の三次町の親戚を頼って行った。

戸坂小学校が正規に授業を再開する都合もあって戸坂分院閉鎖の方針が伝えられ、移転先の交渉その他で忙しく駆け回っていた私の前に突然、中島夫人が現れた。あまりにもやつれ果てたその姿にはじめは誰とも見分けがつかなかったが、その口から意外にも御主人の死を告げられて二度、驚かされた。聞けば、発病から息をひきとるまでの経過は、まさに急性放射能症状そのものだった。なんということだろう。爆発の瞬間、彼は六〇キロも離れた瀬戸の海に浮かんで釣り糸をたれていたのである。直下近くで直爆を受けた夫人をさしおいて、なぜ、彼が死ななければならないのか、どう理屈で説明しても胸におちる話ではなかった。

一〇月半ばになって広島の二つの陸軍病院の行く先がようやく決まった。全国の陸海軍病院が新設された厚生省に移管され、国立病院として再発足するという方針が伝わったのはかなり前で、私の身分もいつの間にか厚生省技官という官吏になっていた。それが、第二陸軍病院の方は宇品の元船舶部隊の兵舎を改造して広島国立病院になると決まったのだが、第一病院の方はなかなかはっきりしなかったのである。宇品に進駐した占領軍司令部へ何度も足を運んで、山口県柳井市から熊毛半島の東岸伝いに一〇キロばかりいった伊保庄村の元船舶工兵隊の兵舎と最終的に決まったのが四日前。早速、船で現地へ行き、残っていた責任者の将校と一緒に営庭に並べた一切の兵器をオーストラリア軍の責任者に引き渡しをすませて帰ったのが昨日、今日は戸坂の部隊を人員、患者、物資もろとも伊保庄に開設する柳井国立病院（これが新しい第一陸軍病院の名称だった）まで輸送する方法について司令部の担当者と最終のつめをするため宇品へ来ていたのである。二世の通訳を中にいれて物分かりの悪い米軍将校と折衝するのは本当にわずらわしかった。敗者が勝者の前にひざまずく屈辱感がなかったわけではない。しかし、何度か会っているうちに人間らしい親しみがわいて時には片言の英語が口に出るようにもなっていた。

この日、似島の船会社の機帆船を借り上げて宇品の桟橋から海路を輸送してもよいとの許可証を受け取って立ち上がりかけた時、近くに立っていた二人の外人が話しかけてきた。軍服ではなかった。

「ドクター、ひだ、わたし、ピエール、フランスの記者です。こちらはピョルンソン、スウェーデンの同業者」

けげんな顔をする私に笑顔で握手を求めてくる。年配の人なつっこい表情で日本語は達者だった。通訳の二世が立ち上がってきて説明してくれた。被災地の現場の案内を求めて司令部へ来たが手がなくて断わったところ、当日を知っている日本の将校が来ると知って先ほどから待っていたという。短時間でよいから是非、と一緒に頼みこまれた。あまり気はすすまなかったが、軍人でないことと言葉の心配がないことが魅力で引き受けることになった。ピョルンソンが運転してピエールと私が並んで座る。乗るのは初めてのジープだった。

爆心地附近から城跡に向かう。死体こそなかったが、ここが人間の住んだところかと、あらためて惨禍の大きさに胸をうたれた。

車をすてて広島城跡に入る。堀に傾いて葉を水につけた老松の裂けた幹の生々しさに二人は言葉もなかった。色あせた芝生の築山を越えて池のほとりに出る。あの木の下に米兵の捕虜がいて、思わず縄を切って放ったと話したらどんな顔をするか、と興味が湧いたが口をつぐんだ。まだ息の残った瓦礫の下の生命を見殺しにして駆け回ったあの日、おびただしい人間の死を死と意識する敬虔(けいけん)ささえ失ってしまう「きのこ雲」の下で、一人の敵兵の喉元の乾きに情をよせて縄を切る行為のなんと愚かしいことか。

堀端の石垣の端に腰を下ろして少し休むことにする。三人の煙草の煙が風のない夕凪（ゆうなぎ）の広島の空に真直ぐに上っていった。

「ドクター、あなた、なぜ、アメリカ、原爆つかったと思うか」

ピエールが突然、問いかけてきた。私が知っているのはアメリカ大統領が公式に発表した声明だけである。

「戦争を一日も早く終わらせて米国の若者の血をこれ以上流させないため」

と私はその通りに答えた。

「ドクター、そんなこと、まさか、信じてないでしょう、ね」

さも意外だという顔をして、隣のピョルンソンを振り向いたが、スウェーデン人は芝生の上に長々と寝そべって軽いいびきをかき始めていた。

「それ、ちがいます。本当ではない。にっぽん、おきなわを失って、せんそうつづける力、なくなりました。二月にはにっぽんせいふ、かわって、こうふくじゅんびはじめたと、わたしたちかんがえていた。おなじ二月のヤルタ会議で、ソ連のにっぽんこうげき、ドイツのこうふくご、三ヶ月ときまりました。ヒットラー、五月八日にこうふくしています。ですから、八月の一〇日ごろ、ソ連がシベリアからこうげきすること、アメリカ知っていました」

ソ連が日ソ不可侵条約の延長を拒否しての対日参戦がそういう国際的な取り決めの結果だったことは寝耳に水の話だった。

「にっぽん、かいぐん、ぜんめつしました。うみをこえてとべるひこうき、一つもありません。おおきなまち、みな、やけました。こくみん、たべるこめもない。にっぽん、こうふくする一歩、まえでした。げんしばくだんおとす理由、一つもありません。でも、アメリカ、つかいました。なにか、わけ、あるはずです」

言葉はたどたどしいが、理路整然としている。私はいつの間にか彼の話にひきこまれて、息をつめて次の言葉を待った。待ちながら誰かの話に似ているなと感じ始めていた。

「アメリカは、せんそう、まだ、おわらないとき、つぎはソ連とせんそうになるときめていました。おもしろい話、あります。ドイツがソ連にせめこんで、まだいきおい、つよいとき、チャーチルとルーズベルトがあるところでそうだんしました。ドイツのクルップ（世界最大の鉄鋼会社）の社長のまねきといわれています。ドイツとのせんそうをやめてヒットラーとなかなおりをし、いっしょにソ連をやっつけようというのです。本当かどうか、わかりません。しかし、ありそうなこととおもいませんか。

アメリカはじぶんでソ連にたのんでおいて、ソ連のにっぽんこうげきがちかくなると、そのまえにげんばくをおとさなければと、ばくだん、いそいでつくりました。にほんのこうふくはソ連のためでなく、アメリカがげんばくおとしたからということを、ソ連にも日本にもおもわせるためです。こうふくのあとのこうわかいぎでソ連のはつげんをおさえ、にっぽんをソ連こうげきのきちにすることが、げんしばくだんをつかった一つのりゆうです」

確信のほどを示すように彼は右手の人差し指を一本、私の眼の前に真直ぐにつき出した。

「アメリカのにっぽんへのげんしばくだんとうかは、ドイツがこうふくしたあと、すぐに、しかも、ひろしまというちめいまできめられました。それは、ひろしまのたいらなちけいが、ほうしゃのうのいりょくをためすのに、つごうがよかったからです。しかも、アメリカはひろしまのにんげんが、いちばんたくさん、たてもののそとにいるじかんをしらべて、ちょうどそのじかんにおとしています。八じ一五ふんというじかんは、きしゃやでんしゃがひろしまについて、まわりのむらからつとめにでる人たちが、ひろしまのえきでのりものをおりて、みんなみちをあるいていたときでした。また、ぐんたいでもがっこうでも、ひろばでたいそうしたり、はなしをきいていたときでした。

アメリカはひろしまではじめてつかうげんしばくだんのじんたいじっけんをしたといわれても、いいわけはできないでしょう。これが、二つめのりゆうです」

話し終わったピエールは、私の反応を確かめもせず、立ち上がって大きなのびをすると、まだ寝入っているピョルンソンの足を軽く蹴った。眼をさましたスウェーデン人はしばらくあたりを見まわしていたが、はずみをつけて起き上がると帽子でズボンについた土をはらって何か早口でしゃべった。「さ、かえろうか」とでも言ったのか。

夕映えに赤くいろどられた築山に立った三人の影が長々とのびていた。私も立ち上がりながら、ふと、ピエールと名乗る記者の感じがなんとなく近藤少尉に似ていると思った。

一〇月も終わりに近い肌寒い夕刻、広島陸軍病院戸坂分院の患者と職員の全員が大八車をつらねて宇品の桟橋に到着した。一時は万を越したといわれる戸坂村の被爆者も多くが身寄りを求めて各地に散り、少くない人が戸坂の空になびく煙と消えて、今、病む身体を毛布にくるむ一〇〇のいのちが、海を渡って新設される国立病院にいこいの場を求めようとしている。三隻の機帆船が桟橋に船体を横づけにして荷積みが始まった。

やがて西に沈む陽を追うように船が宇品の岸壁を離れた。熊毛半島は伊保庄村の瀬戸の内海に面する新しい柳井国立病院を生み出すための旅立ちであると同時に、知らぬ間に厚生省技官に編入された一人の医師の新しい人生への出発でもあった。

甲板に立って暮れてゆく夕凪の広島湾に名残りを惜しむ私の胸中に、広島を離れても離れることのできない途方もなく大きな「きのこ雲」の影が去来していた。八月六日の午前八時一五分を境にして、私が見、聞き、体験した一齣、一齣は、たとえ、長い年月の間に記憶から消え去ることがあっても、肉体の奥深く刻みつけられた悪魔の火の爪痕とむすびついて、原子爆弾への怒りは永久に炎となってこの身を焼き焦がすであろうと思っていた。

大正から昭和にかけての二八年の人生は、今にして思えばただ無為、としか言いようがなかった。物心ついてからかかわり合ったはずの戦争の足取りに自分は何を考え、何を行ってきたのか。問われて定かに答え得る何ものももたぬ私に、近藤少尉はいみじくも「一貫してつらぬくものなし」と痛烈に批判し去ったではないか。サイパン、硫黄島、そして最後に原子爆弾と、死ぬべき機会を三度もかわし得たのは偶然にすぎない。もし、そのことに何らかの意義があるとすれば、それはすべて、明日からの己のありようにかかっていると覚らざるを得なかった。

思えば、身代わりになるべき多くの有為の人たちを失なった。その中で、ひときわ、大きく、深く影を落とした近藤少尉。

「国敗れて山河は残り、民族は死滅しません。敗戦の痛苦に耐えて二度と戦争を望まぬ祖国を築くために、生きのびてほしい」

切々と胸に迫るその文字は今もありありと脳裡に浮かぶ。生きのびるべきだったのは、近藤さん、あなたでした。

船はいつか宮島を過ぎて暮れおちた瀬戸の海面をすべるようにすすんでいた。単調な焼玉エンジンの響きが心地よく身体をゆすってくる。突然、からだの奥底からたぎるような激情がこみ上げてきた。

「原爆なんかに殺されてたまるか。生きてやる。どこまでも」

一九四五年が終わるにはまだ、少し時間があった。

〔旧版〕あとがき

最後を原爆でしめくくられた広島陸軍病院での軍隊生活は、色々な意味で私のその後の人生を方向づけたといっても過言ではありません。

戦後、三七年、あれこれの試行錯誤を繰り返しながらともかく、病人のために医師として懸命に、真剣に生きぬいてきた私に、もし、一貫してつらぬいているものがあったとしたら、私はその糸口をあの地獄の火の中で教えられたと信じています。

ですから、一度はまとめておきたいと思いつづけてきた素材でした。それは、戦後の私の生活のどこを振り返っても必ず、そこに大きく影を落としている「原点」のようなものでした。

何度か試みながらどうしても果たせなかったのは、多忙が理由というよりは、「何を書くか」に迷いがあったからでした。今回、偶然、知り合った日中出版の柳瀬さんからすすめられて「多忙でとても」とお断りの言葉をあれこれ口にしている間に、ふっと、その迷いが晴れたのです。理由はわかりません。決心がきまると筆は意外にすらすら走って、とにかく、書き上げました。

筆をとった三月という月は、実は四月から八月にかけて三度の外遊をひかえ、多忙といえば今までの私の時間の中で一番多忙な時だったかも知れません。人間、多忙になればなるほど、平素やりたいと思っていたことが無性にやりたくなるもの、そんな衝動に動かされて長い間の念願を果たしました。

書かれたものにどんな価値があるのか。私は一切考えないことにしています。活字になることさえ、私にとっては夢のようなこと。あとはお読みになった方々の核戦争阻止と核軍縮、平和への意欲をかきたてる上で何がしかのお役に立てれば幸いと思っています。

三七年前のうすれた記憶を確かめる上で一九七七（昭和五二）年三月、広島市戸坂公民館が発行した『戸坂原爆の記憶』を参考にさせていただきました。お送り下さった公民館の方々に心からのお礼を申し上げます。

今日、私と久保仲子さんの二人の被爆者は、原爆の実相とその恐ろしさを全世界の人々に訴えるためにオーストリアに飛びたちます。

肥田舜太郎

一九八二年四月八日

被爆者たちの戦後――新版へのあとがきにかえて

本書『広島の消えた日』は、戦後の私の生き方を一八〇度変えることになった広島陸軍病院勤務と原爆被爆体験の証言録である。日中出版の柳瀬宣久氏が一九八二年に出版され、第五刷まで刷って絶版になっていた。

ある八月、高等学校教職員組合主催の平和集会に招かれ、所沢小学校の校庭で私が被爆体験を語ったのを、たまたま聞かれた柳瀬夫人が「絶対、本になる話よ」とご主人に薦め、当時院長をしていた埼玉協同病院（川口市）に柳瀬氏が日参され、渋る私を攻め落として書かせたいきさつがある。

私は被爆医師として、核兵器に関する本を共著も含めてこれまでに四冊書いたが、最初に書いたこの『広島の消えた日』が一番好きで、何度も読み返している。

今回、影書房の松浦弘幸氏が、私の翻訳の協力者である竹野内真理さんの勉強会でこの本を知られ、再販したいと申し出られた。しかし、訳あって一度はお断りした。それは本の中に一ケ所、事実ではない記述があって、以前から気になっていたからだ。

それは最終章の一六七から一七一頁までの、ピエールという記者からアメリカが原爆を投下した理由を聞かされた部分である。七年後にあったことを、一九四五年に挿入した。理由は、手記が広島を離れるところで終わるので、「アメリカが原爆を投下した本当の目的」を、どうしてもここで糾(ただ)しておきたかったからである。実際は一九五二年一〇月、広島城内で、日本語のできる外国人記者の質問に答えていて、最後が本文のような経過になった次第である。

手記は時間の経過どおりに書くのが原則であり、事実に手を加えるという過ちを犯してしまったことは長いあいだの心がかりだった。新版の刊行にあたり、右の事情をご説明するとともに、この場を借りて読者の皆様に心からお詫びしたい。

＊

一九四五年八月六日、広島で被爆した私は、たまたま直爆死を免れ、修羅の地獄の真っただ中に敗戦をむかえた。二〇〇四年に出版した自分史、『ヒロシマを生きのびて』（あけび書房）の「あとがき」から私の「その後」を引用すると、「薬剤も資材も人手もないなか、無我夢中で救急医療を続けるうち、一一月某日、厚生省技官に任命され、柳井国立病院勤務、病院船勤務の後、国立医療労働組合専従役員になり、敗戦直後の全官公労の闘争に参加、一九四九年九月、占領軍総司令部のレッドパージで厚生省技官を首切られ、民主診療所を設立して民医連運動、医療生協運動を進める傍ら、被爆者として原水爆禁止運動に参加、国内、国外に被爆の実相普及のため、語り部活動、講演活動をおこないながら、厚顔にも革新政党の市議会議員を二期つとめるなど、身の程知らずにあれもこれもと働き続けてきました。また、一九七九年からは日本被団協原爆被爆者中央相談所の仕事を引き受け、全国津々浦々を歩いて被爆者相談事業の指導、援助につとめてきました」ということになる。

今年九二歳になる私の戦後の活動の出発点は、やはり、あの被爆体験と、その後の被爆者たちとの出会いに運命づけられていたとあらためて思う。一臨床医として、戦後六四年の間に、治療や診察をしたり相談に乗ったりしてきた被爆者の数は六〇〇〇名を超える。

ここには、広島の被爆医師の一人としての戦後の歩みの一端と、あのきのこ雲の下の劫火を生きのび戦後を歩き始めた被爆者たちがどんな苦しみを背負って生きてきたのかを、印象深いエピソードとともに書き記しておきたい。

一、戦後の被爆者たち

原爆爆発と同時に出された高熱の熱線と強烈な爆風とガンマ線、中性子の高線量放射線で瞬間に爆死した者とともに、一九四五年一二月三一日までに死亡した者を、一九七七年に東京、広島、長崎で開催された「被爆の実相と被害の実情国際シンポジウム」は「即死」として扱うことに決めた。理由は、火傷・外傷を受けたが即死せず生き残って、発熱、口内壊疽（えそ）、紫斑、粘膜出血、脱毛の急性症状を発症し、白血球減少、血小板減少などを伴う重症で生きつづける者があったが、治癒する可能性は全く無いことが確認されてのことだった。

被爆者というと、私には「ぶらぶら病」が真っ先に頭に浮かぶ。焼けただれ、折り重なって狂い死んだ地獄の中の死よりも、ずっと日数が経ってから激しい体のだるさだけを訴えつづけ、原因不明のまま死んでいった者のことが強く印象に残っているのである。医師の診察を受けても、裏づけになる所見や検査結果を得られないことがそうした被爆者たちの特徴だった。そんな症状が患者や家族の間で「ぶらぶら病」と呼ばれるようになり、今では国際語にまでなっている。

私が戦後最初に赴任した古兵舎を改造した国立柳井病院（山口県柳井市）は、板壁や窓枠の古新聞紙の目張りを通して庭続きの熊毛湾の海風が遠慮会釈なく吹きこむ病室で、枕元に七輪をおき、木切れを燃やして暖をとるという前代未聞の、しかし、当時は貴重な病院だった。患者は広島からの被爆者だけと思っていたのが、山口県に逃げ帰った被爆者が病院の出来たことを知り、岩国あたりからもやってきて、にわか作りの病室はたちまち、満床になってしまった。

軍医の多くが復員して家庭に帰り、手薄になった医師の肩には背負いきれない数の被爆者の命が預けられた。そんな中で被爆者は次々と死んでいった。入院したときに既に余命は幾ばくもないと予想された者もいたし、死亡など思いもしなかった患者が病名も決まらないうちにだんだん衰弱し、寝たきりになって、そのまま息を引き取る者もあった。ただ、だるいというだけの軽症の患者が、横になっている時間が長くなったと思っているうちに、ある朝、死んでいるのを発見されて主治医を驚かせた。

原爆投下後から夥（おびただ）しい死を見せられてきた医師たちは、被爆者の死にはあまり感情を動かされなくなっていた。しかし、病床で原因不明の死を迎える患者には、さすがに医師としての良心をかき乱された。どこにも異常が発見できず、死亡診断書のペンを握ったまま、なぜ、この患者は死んだのか、心臓麻痺？　急性肺炎？　たしかに死亡時の症状はそうに違いなくても、その原因はなんという病気であったのか、専門家として明らかにできなかった自分に、医師としての悔恨と反省の思いが疼くのである。

振り返ってみれば、閃光と爆風と焦熱地獄の中で不思議にも軽症で助かった被爆者が、散り散りになった家族にめぐり合って無事を喜んだのもつかの間、その直後からその日の命をつなぐ食糧探しや、掘立て小屋づくりに汗を流さなければならなかった。そのうち、異常な「だるさ」に襲われて起きていられなくなり、やっと入院できた病院である日ひっそりと息をしなくなっているのが発見される。そんな被爆者の最期を診て、医師は誰もが、死亡診断書の病名に苦しみ悩んだ。思いつくのは「原爆病」だが、国際的に登録されていないため、役場で受け付けてもらえず、医師はやむなく死亡時の心臓麻痺、急性肺炎と書いた。

「だるい」、「根気が無い」、「疲れやすい」という訴えは、誰でも経験する症状である。しかし、座っていられなくなったり、衰弱して死ぬほどの病気とは誰も思わなかったし、自殺するほど辛いものとは誰も知らなかった。

被爆者のうったえる「だるさ」

三〇年ほど前、埼玉の浦和民主診療所で長野県から来た中年の男性の被爆者を診たときのこと。

診察室で私の前に座ってから妙にもじもじするので、気がついて傍にいた看護婦に席を外させると、「先生は広島の肥田軍医殿ですね」と念をおして、自分も被爆者であることを明かし、遠くまで診察を受けに来たわけを話した。最近、急に体がだるくなって仕事ができなくなり、医者にかかると、どこも悪くないと言われた。中学二年生の時、岡山に住んでいたが、原爆が落とされた翌日、父を探しに広島へ行き、焼跡を歩き回った。が、結局、分からずじまいで遺骨の無い葬式をすませた。少し経って体がだるくなり、何日か学校を休んだが、いつの間にかよくなった。そんなことが何回かあったが、今回、だるさを覚えるまで忘れていた。それが、と言いかけて、「先生、すみません、だるくて」と言うと、椅子から下り、床に座ってしまい、それでも辛いのか、最後は「ごめんなさい」と言って横になってしまった。抱き上げて寝台に寝かせたが、被爆者の言う「だるさ」が私たちが感じるものとは質が違うことを、私は初めて教えられた。

「だるさ」の治療を、と言われても、思いあたるものは何もなかった。原爆が使われて初めて人間に現われた症状であり、我々が全く未経験のことだった。治療法など誰に分かるはずもなく、肝心の食糧がままならない時で、ビタミン類を投薬し、鍼灸治療、整体治療、温泉治療、転地療養、散歩など、これまで健康保持に良いといわれてきたことはなんでも薦めたが、被爆者ゆえの貧しさのためできないか、やっても長くはつづかない者が多かった。

私はぶらぶら病の被爆者には、自分の症状をしゃべれるだけしゃべってもらった。患者は感じている症状を表わす言葉が見つからない時は、身ぶり手まねで懸命に話してくれる。人間が身体に感じることを正確に表現する言葉がいかに少ないか、痛切に教えられた。患者は同じことを何度もしゃべるうちに、感じている色々な症状を整理して、一番肝心な部分を確かめて話すようになり、その結果、とりあえず何をすればよいか、何をしてはいけないかが患者自身に分かり、多少でも病状が改善されれば楽になる。治療の仕事は、医者のものではなく、病気をもっている患者自身のためのものであるという当たり前のことが、よく分かるようになった。そして、病気を治す主体は病気と闘う患者の身体と心であり、専門技術者である医師は患者の闘いを指導し、時には支援して共に闘う仲間であると考えるようになり、「医療は患者と医師が協力して行う疾病との闘いである」という医療観をもつようになった。それが民医連医療、医療生協運動に成熟してゆく源泉になったことを思うと、自分が被爆者になって、たくさんの被爆者を診療したことが、今日の自分の原点だったと心底から思えるのである。

医者に行く金が無い

一九四七年、上京して東京、杉並区の画家のアトリエの一角を間借りしていた時のことだ。女房と四歳、三歳の子どもの四人が暮らす六畳一間のガラス戸を、夜遅く叩く者がいた。寝ている部屋のガラス戸がそのまま表通りへの出口で、戸をあけると靴脱ぎ石に男がうずくまっていた。私を見上げて、「広島の肥田軍医殿ですか」と小声で聞く。「そうだ」と答えると、安心した様子で、「実は私は広島で原爆を浴びた○○で……」と話し出した。「原爆後、定職が無く、上京して単身、ニコヨン（失業者対策事業の労働者の通称。日当二四〇円の賃労働なのでそう呼ばれた）として働いている。月に一六日働くと失対（失業対策事業）

の健康保険が使えるが、被爆後、身体が悪くて、先月は一三日しか働けず、手帳がもらえなかった。医者に行く金が無い。国立病院へ行きたいが、働いて必ず払うから、後払いで診てもらえるよう一筆書いてほしい」というのが夜中に来た理由だった。私が国立病院労組の副委員長と知っての頼みだった。

当時は国民健康保険がなく、社会保険も大企業の労働者以外にはなかったので、現金がなければ医者にかかれなかった。被爆者は総じて貧困の中にいた。単なる貧乏ではなく、間違えば餓死する極限の貧乏だった。住む家も仕事もなく、家族をみんな失なって一人になった被爆者が、餓死したのを診させられた覚えもある。

一人残された少女

まだ幼さの残る娘が食べ物欲しさに、春をひさいだ例も何例か知っている。それは、原爆直後ばかりでなく、私が組合の専従役員になって上京し広島との間を往復していた数年の間、広島へ帰る度に、嫌でも見聞きさせられた悲しい現実だった。

戸坂（へさか）村の治療所で、焼けた額に刺さったガラスを抜いた少女がいた。父母と三人暮らしだったのが、父母は爆死し、一人身だった。焼けただれた顔面に目がやたらに涼しい娘だった。半年後、広島駅前の闇市の中で彼女にばったり会った。向こうが私を覚えていて声をかけられたのである。焼けた顔はきれいになっていたが、わずかにケロイドが残っていた。一目見て、崩れた生活がうかがわれた。駅の片隅で事情をきくと、福島県の白川に父方の叔父がいて、そこへ行けばなんとか面倒を見てもらえるという。「すぐにでも行けるか？」と聞くと、「うん」とうなずく。切符を買って無理やり、芸備線に乗せた。山陽線も東海道線も復員兵が一杯で、少女が乗れる状態ではなかったので、日本海まわりで行かせようとしたのだ。

不思議に縁があったのだろう。一九六〇年、広島の第五回原水禁大会に参加した際、戸坂村が見たくてバス停に立っていると、反対行きのバスから彼女が降りてきた。今度も彼女が声をかけてきた。垢抜けた和服の身繕いが夜の街を匂わせる。かき氷の店に入って話を聞いた。叔父の家ではははじめは大事にしてくれたが、そのうち厄介者扱いされ、結局は、農家の中年男の後妻にやられた。泣く泣くつとめたが、役に立たず、追い出された。妊娠していることがわかったが、農家の下働きなどしているうちに流産してしまった。飲み商売で働いて、いろいろあって、去年、広島へ舞い戻ったという。今は、と聞くと、「見た通りよ。なるようになるだけ」と笑った顔は、寂しさが一杯だった。

鶏小屋の中で

一九五〇年、東京杉並区の西荻窪で診療所活動を行っていた頃のこと。下痢がつづいて通ってきていたニコヨンの労働者が突然診療所に来なくなった。二方という苗字が珍しいのと、首に巻いたタオルをとらないことで印象に残っている患者だった。

カルテの住所を調べ、近くに往診のあった日にその家を探すと、見つけた家は大きな農家で、その家人に聞くと黙って裏手の方を指さした。行って見ると鶏小屋の金網の中に戸板をおいて、その上に敷いた布団にくるまって人が寝ていた。痩せこけて変わり果てていたが、二方昌平に間違いなかった。驚いて起き上がろうとするのを押しとどめて脈を取った。看護婦が前をはだけて胸を出す。肋骨が高く出張って聴診器のあてようがない。腹部は陥没、皮膚はかさかさに乾き、まさに末期症状だった。看護婦に、「輸液に来るよう診療所に電話しろ」と告げて席を外させ、姿が消えるのを確かめて、「もう誰もいない。私も広島の被爆者だ。安心して話しなさい」と目を見つめた。涙がにじむのが見えた。思った通り、タオルの下には右頚部に七、八センチのケロイドがあった。

症状の経過は慢性の放射能症に違いなかった。すぐ入院させたかったが方法がない。近くなら慶応系の浅野病院、あとは第一国立病院しかなかったが、運べば途中で息が絶えるだろう。往診で最後まで面倒を見る以外に方法はなかった。輸液と輸血をつづけて少し元気が出たが、結局、三日目に鬼籍に入り、市役所に葬儀をださせた。

一ヶ月ぐらい経った頃、二方の戦友だったという男が訪ねてきた。彼らの部隊は八月四日に宇品港に着き、六日の朝、上陸を許されて原爆に被爆した。二方は親戚の家へ行く途中、吹き飛ばされ、首から肩に火傷を負ってようやく船に戻った。数日後から嘔吐、下痢、発熱する者が出はじめ、大竹の海軍病院に送られた。やがて復員命令が出て、仲間は下痢の止まらない二方を残して散り散りになり、男も東北の実家へ帰ったという。文通の絶えたのが翌年の春で、病院に問い合わせたが事故退院したということで、行方知れずだった。それが、東京で一緒に働いていた二方の仲間から彼の死を知らされて、ここへ来たのだという。

一方の実家には相続問題で複雑な事情があり、原爆に遭った者は家系の中にいて欲しくないという本家の意向で、彼は婉曲に帰郷を拒否されていた。そのため、実家へ帰れず、被爆者であることを世間に隠しながら働いていたとのことだった。

GHQによる監視と社会の差別

GHQ（連合国軍最高司令官総司令部）占領下の七年間は、被爆者で名が出ると私服の警官がつきまとった。労働組合にいた被爆者には、MPの腕章を巻いた米軍の憲兵が監視についた。占領軍の「原爆被害は米軍の機密だからしゃべるな、書くな、写真や絵に残すな」という布告は、占領が終わったあとも日本政府が引き継ぎ、監視は長くつづけられた。

これによって被爆者を差別する風潮は広がり、そのため孤立して生きざるを得ない者が多くなった。差別の理由は、警察に監視される危険人物には近寄らない方が安全という保身と、被爆者からは病気がうつるという噂に惑わされた無知からだった。この意味で、アメリカが戦略上、原爆の医学的被害を長期にわたって隠蔽した罪はこよなく大きいと思っている。

たとえば、被爆者の小笹壽は仲間を集め、一九五九年に埼玉県の被爆者の会をつくった。その前後から、彼の自宅と行動は常時私服警官の監視と尾行を受け、そのため、保険取次の彼の仕事は大きく影響を受けた。会の運動も停滞し、一九七三年に埼玉被団協（しらさぎ会）として再建するまで、会は無活動の状態がつづいた。

被爆者の多くが自身の被爆事実を隠した。被爆したことが知れると、就職、結婚に障碍が出て、まとまった話も壊れるからだ。これは一世だけにとどまらず、二世、三世にまでつづいている。

結婚の障碍

一九五六年に結成された日本被団協（日本原水爆被害者団体協議会）の相談所（原爆被爆者中央相談所）の理事長をしていた私の自宅には、今でも時々、被爆者の二世、三世から、「本人同士が結婚を約束したが、自分の母親に相手の祖母が被爆者であることを話した途端に母親の顔色が変わり、身内、親戚を巻き込んで大反対になった。どうしたらよいか」などの電話相談がある。被爆者を差別する風潮には理屈で解決できない、根が深いものがある。ちなみに、私はそんな相手には、「説得しても駄目だったら、家を出て、二人だけで結婚しなさい。その勇気がないなら、結婚はあきらめなさい」と忠告することにしている。

埼玉県の女性の被爆者Kは、二歳の時広島で爆心から一・一キロの自宅で兄と姉の三人で被爆した。閃光と同時に家屋が倒壊し、十歳年上の姉が彼女の上に覆い被さって救われたという。頭部と顔面にケロイドを残して生きのびたが、父母は相次いで原爆病で亡くなった。兄と姉は里子に出され、彼女は祖父母に育てられたが、家が貧しく、祖父が死んだ後は辛い毎日だったと自伝に書いている。一九歳の時、縁あってある青年と結婚したが、彼の母がはじめから反対で、被爆者だからといじめられ、一年もたたないで、家風に合わないからと離縁された。新憲法が生まれたはずの、一九六〇年代の広島での典型的な差別の例である。

埼玉県に住む被爆者Fは、広島で爆心から二キロの地点で被爆した。被爆者には障害児が生まれるという風評を重く受け止め、結婚の相手に「一生、子どもはつくらない」との決意を伝え、納得させて挙式したという。結婚して五〇年、七〇歳を超える現在、子どもはいない。被爆体験を語る時、決して楽ではなかった夫婦の人生を、原爆への怒りに紛らせて話す彼の心情を思い、あらためて核兵器の罪の大きさに胸が震える思いがする。

自殺未遂

一九五五年、埼玉県行田市の市議会議員として市長への質問に取り上げた、被爆者の自殺未遂の一例である。三月某日、私は深夜の緊急往診の依頼で起こされた。往診先は市内中心部の裏長屋の一角だった。駆けつけると、首をつって自殺を図ったのを発見されて、下ろされたところだった。蘇生しているので、応急処置をしながら経過を聞いた。三二歳、男性、重い肝硬変があり、貧しいため医療は受けていない。家族は一二歳の娘だけ。妻は去年、白血病で死亡。妻が存命中、生活保護を申請したが「本籍の熊本で某家の養子に入籍、財産の相続権あり、適用は不可」となっていた。意外なことに夫婦とも広島の被爆者だった。広島の千田町で小さな町工場を持って仕事をしていたが、妻と二歳の長女との家族三人が爆心から二キロの工場兼自宅で被爆。不思議にもガラスの破片傷程度ですみ、工場を焼失した夫婦はしばらく転々としていたが、三次市（みよし）（広島県）の友人に呼ばれ、工場を手伝って働いていた。三年前、体調を崩して働けなくなり、広島逓信病院で肝臓病と言われた。アメリカのＡＢＣＣ（原爆傷害調査委員会）病院からしつこく誘われ、受診すると、血ばかり抜かれて治療はしない。行かないでいるとジープで迎えにきた。怖ろしくなって一昨年、妻の実家を頼って埼玉の行田へ来た。ところが頼みの妻が急性白血病で三ヶ月前に急死、次いで妻の父が脳梗塞発作で死亡した。再び生活保護を申請したが「大きな仏壇がある」という理由で断られた。

肝臓病で動けない本人が一二歳の娘を抱え、知らぬ土地の行田の裏長屋で寝こんでしまった。生活保護も見込みがなく、食べる物も尽きて自殺を図ったというのが真相だった。

市長の答弁は「御本人が医師の診療を受けておられなかったため、肥田議員からご報告をうけるまで市側は本人の病状がそんなに悪いという認識をもっていなかったのであります。生活保護の申請に対して、もっとよく健康状態を摑むべきであったのを、厚生省の指導を強く意識して経済状態の判定に目を奪われ、本人に必要以上の苦しみを与える結果になりました。市長の監督不行き届きとして深くおわびします」ということで、本人は生活保護を受給し、診療所の紹介で熊谷の病院に入院させたが、一年後、肝臓癌で亡くなった。

これは政府が初期の被爆者の医療法をつくり被爆者健康手帳を交付した一九五七年より二年前のことで、この時期は被爆者を遺棄していた時期であり、こういう被爆者が行田にいたことを誰も知らなかった。

口を利かない被爆者の自死

話は遡るが、国立柳井病院時代、山口県から入院した男性の被爆者がいた。重症も軽症も混ぜて満床の患者の中で、口を利かないことで有名だった患者である。患者仲間とはもちろん、医師や看護婦に対しても、問われた言に一言か二言答えるだけで、自分から人に話しかけることは一切なかった。原爆の前日、戦線から宇品に帰った下士官で、当日、早朝に上陸し、東練兵場の総軍司令部へ向かう途中、コンクリートのビルの直下で被爆、倒壊を免れた建物の中に逃げ込んだ。あたりに火が出始めて総軍へは行けなくなり、宇品まで歩いてなんとか船へ帰った。やがて下痢が始まり、他の同じ症状の兵士と一緒に大竹の海軍病院に送られたが、症状が軽くて退院させられ、山陰の実家へ帰った。そのうち体のだるさが激しくなり、医師の紹介状を持って柳井病院に入院したのである。「だるさ」の訴えはつづいていたが、時々、下痢があるだけで、ほかにこれという症状もなく、本人は海に向かう小道の傍らのベンチに腰を下ろして、誰とも口を利かず、終日座っているのを日課にしていた。

ある日、彼の座っていたベンチの近くの大きな木の下で、私は通り合わせた病棟婦長と、以前から相談を受けていたある患者の問題についてかなり長い時間、立ち話をした。「出征中、実家に戦死の誤報が入り、妻が弟と再婚して妊娠したところへ復員して帰ってきた」という被爆者の相談だった。戦時中、決して少なくない事例だった。

それから二、三日して、仕事が終わり玄関を出ようとした私は、近寄ってきた彼に突然、頭を下げられ、「折り入ってご相談したいことがある。時間をとってほしい」と言われた。他に主治医がいて、私の患者ではない。「なぜ、私に」と言いかけたが、思いつめたような表情を見て、「明日の午後、一時なら」と答え、「ベンチのところで」と約束した。彼は無言で頭を深く下げて立ち去った。人と口を利いたところを見たことがない彼が、なぜ、私を選んで相談をもちかけたのか。私は頭のどこかで、聞こえたかもしれない婦長との長話を思い出した。

翌日、私は緊急の要件で岡山に行くことになり、列車の都合で柳井駅へ向かうトラックに飛び乗った。「急用で会えなくなった。連絡を待て」との伝言をすることは忘れなかった。

岡山で一泊して病院に帰った私は、彼が縊死したことを聞かされ、愕然とした。私が約束を破った夜、いつものベンチの傍の立ち木に紐をかけて事切れていたとのこと。私があの日、相談を受けていたら、という思いがしばらく私を咎めつづけたが、次々と起こる患者の死に忙殺されて、次第に忘れていった。

一ヶ月ほど過ぎたある日、病院の事務長から彼の身上を聞かされた。本籍地熊本県の僻村の役場から遺骨を受け取りに来た助役に聞いた話という。彼は三男で、生まれてすぐ分家の養子に入り、跡継ぎとして育てられたが、子種がなかった両親に男子が生まれ、彼には突然、三歳下の弟ができた。彼には先天性の股関節疾患があり、兵役を免除されて農業に励んでいたが、妻を娶って四日目に赤紙召集を受け、現地入隊ということで大陸へ渡り、二年目に彼の戦死の公報が親元に届いた。孫の欲しかった義父母の要望で、彼の妻は義弟と再婚した。戦死は誤報であったことが伝えられたが、あとの祭りだった。

彼は八月はじめ、広島の留守部隊に帰還して原爆に被爆、生き残った原隊と一緒に山口県に移り、復員手続きの時に実家の変化を知ったが、誰にも何も言わず、だるくて動けなくなった体の治療のため、国立柳井病院に入院した。死ぬ数日前、故郷から彼に分厚い封書が届いたという。その手紙か、あるいはベンチで聞いたかもしれない私の長話のどちらかが、この世を捨てる決心を固めさせたのかもしれない。知ったからといってどうなる訳でもないことだが、彼の死の決意を、もしかしたらぶらぶら病が後押ししたのではないか、と私は密かに思っていた。

「この手紙が先生のお手元に着く頃、私は……」

外来の忙しい時間に和服の上品な中年の夫人が「相談がある」と受診された。私の前に座った彼女は、封書を差し出した。「私の被爆からの病歴と生活歴を書いておきました。読んでいただいておいて、この次、参りましたときにご相談を申し上げます。本日はこれで」と一言の無駄も無いあいさつをして、頭を下げ、静かに帰っていった。

封書には、「諫早（いさはや）に住んでいた一八歳のとき、長崎医大で被爆した父を、兄と二人で数日捜して歩いたけれども、結局、消息不明のままで葬儀を行い、父の貿易会社を継いだ兄を援けて働きました。母は兄弟がまだ幼かった頃病没して、父の手一つで育てられました。そのうち、兄妹とも下痢が始まり、激しいだるさがつづきました。下痢がよくなっても、だるさだけは相当長くつづき、突然死んだように動けなくなったことを覚えています。医者にかかって神経衰弱と言われました。しかし、それもいつの間にかなくなり、忘れていました。仕事は広がり、会社は大きくなりました。東京に仕事が増え、たびたび出張するうち、人を介して、大きな商社の社長との結婚話が持ち上がりました。断りましたが、本人は何年でも待つといったようす。理想的な男性だからと進められ、断り切れなくなって結婚しました。私が三八歳、主人は最近連れ合いを亡くした四五歳の働き盛りでした。子どもはいませんでした。理想的な主人でした。私は専業主婦になりました。主人の世話をするだけで、あとは何でも好きなことができました。人に羨まれるほど自分でも幸せだと思っていました。ただ、子どもができないのが気になっていました。

一〇年がたって、記念の欧州旅行に二人で出かけました。私には初めての海外だったので、随分贅沢に、有名なところは二泊も三泊もし、三週間、遊び歩いて帰国しました。変わったことと言えば最後に泊まったジュネーブのホテルで風邪気味だったことぐらいです。」

封書はここで終わっていて、相談事というのがどんなことなのか見当もつかなかった。

一ヶ月後、私の前に座った彼女は、「お読みになっていただけましたでしょうか」。「はい、拝見しました。ご結婚一〇年記念の欧州旅行など、私などには夢のようなもの、羨ましい限りです。でも、ご相談はどんなことでしょう。子どもさんが出来ない問題でしょうか」と聞くと、表情が曇って、「被爆者にはぶらぶら病という病気が出ると聞いていますが、どんな症状なのですか」と真剣に聞いてくる。「医学的には説明できない症状ですが猛烈なだるさが発作的に起こるようです」。「どうすれば治せますか」。「よく分かりません。自然に治まることが多いようです」。「そんな返事しかいただけないのですか」、表情がきつくなった。「申し訳ないが、医学ではまだ、原爆の被害がよく分かっていないのです。ご不満はわかりますが、これ以上、私にはお答えできません」とカルテを終了箱に入れた。心残りの様子だったが彼女は立ち上がって「もう一度、参ります」と背をむけて去っていった。

三度目は外来が猛烈に混んだ日だった。「ご面倒な相談なんですが」と言ったまま、もじもじしている。何か言い出すかと待っていたが「あの」とか「実は」と言いかけて、口をつぐんでしまう。次の患者が看護婦にせっついている声が聞こえた。夫人は「申し訳ありません。言いにくいことなのです。この次にします」と立ち上がった。何か、決意したような厳しい表情を見たような気がした。

それから彼女の受診は途絶えて、和服の瀟洒な姿は現われなかった。年が変わり、やがて桜のたよりを聞く頃に、私は彼女からの分厚い封筒を受け取った。書留で「親展」としてあった。開封して、書き出しの言葉で青ざめた。

「この手紙が先生のお手元に着く頃、私はこの世にはもういません。長い間、苦しみましたが、こうすることが私には一番、楽になれる道だと思いました。私が相談ごとを口に出来なかったことは、後をお読みになって下されば分かっていただけると思いますので、恥ずかしさで書きにくいのですが、筆にします」とあって、大要は以下の通りである。

欧州旅行から帰った翌日の深夜、夫が彼女のからだを求めてベッドに入ってきた。旅行中は彼女が疲れないよう、セックスは控えていたのだという。その夜、夫は激しく燃えた。彼女も、肉体は十分開かれていて、その夜は恥ずかしいほど燃えたと書いてあった。何度目かの頂上があって、これが最後と今、まさに上り詰めようとした瞬間に、突然、手足の力が抜け、全身がゴム人形のようにだらんと伸びてしまった。驚いたのは夫の方で、力まかせに抱きしめていた相手が、突然、死んだように動かなくなったから、「どうした」、「大丈夫か」と抱き起こしてくれたが、自分でもどうなったのか分からず、泣いてしまった。泣きながら、原爆の後こういう発作が起こったことがあったことを思いだした。翌朝になると、だるさはなくなって、夫を驚かしたことなど嘘のようだった。

そんな発作が、情事のときに限って起こるようになった。心配した夫が親しい医師に相談してくれたが、被爆者を診たことのない医師は不思議がるだけで、真剣に考えようともしてくれなかった。自然にセックスの機会が遠くなった。数ヶ月して、夫に女が出来たことが分かった。黙って耐えるだけだった。表向きは仲のよい、羨ましい夫婦を装って過ごした。決定的な不幸は女に子どもが出来、夫の関心が一気に向こうに傾いたことだった、とあった。

私への相談はぶらぶら病の治療のことだったと推定した。相手が医師であっても、女性の口から言い出せる相談ではなかったであろう。

同じような症例をもう一例、農家に嫁いだ被爆者から相談されたことがあるが、やはり、不幸な結末で終わったように覚えている。

ぶらぶら病の話をしたり、書いたりするときに、忘れることの出来ない症例である。

被爆者援護と相談活動

私は一九七三年に埼玉被団協（しらさぎ会）を再建した機会に、日本原水爆被害者団体協議会（日本被団協）に加盟し、被爆者組織の活動に初めて参加した。その後、一九七六年に社団法人日本被団協原爆被爆者中央相談所（以下中央相談所）が作られ、東京の被団協事務所での診療と相談、および、年一回、全国八ブロックで行われる被爆者相談活動講習会での相談活動を担当して活動した。実際に面談した被爆者数は三〇年で約三〇〇〇人にのぼる。

被爆者援護とは世間では金品を贈ることであるように思われ、実際、全国どこでもそのように行われてきている。敗戦直後、国民すべてが飢餓状態にあり、住宅、衣類に困窮していた時は、特に被害の大きかった被爆者に生活資金の緊急援助が必用だったが、経済が回復した時点で、被爆者には人間として生きることへの励ましが何より大事であったと私は思っている。

中央相談所の相談室が開所して間もなくの頃、横浜に住むKという被爆者が健康管理手当ての診断書を求めて来所した。長崎の二号被爆者（入市被爆者）で独身の独り暮らし、相当の貧しさで、生活保護の必要を直感した。診断上の被爆事情には問題は無さそうだったが、仕事を聞いて仰天した。原発ジプシーをしているという。

原発事故処理の臨時雇いには三段階あって、軽度の事故は第一班、中等度には第二班、一番重いのには第三班が行くことになっている。彼は第三班に入っていた。親方が決まっていて、出番の時は電話で呼び出される。発電所に着くと防護服を着せられ、防毒マスクをして事故現場に行き、「扉の前で作業の指示を受ける。最近彼がやった事故処理は「扉をあけて背中を叩くから、まっすぐ歩いて、突き当たりの機械の前を左に五歩、歩け。いいか、五歩だぞ。五歩の右側に腰の高さに金属のハンドルがある。それを右回りに止まるまで回して、終わったら急いで帰る。出来るだけ息を止めてやれ」という仕事だったそうな。危険なんだろうと聞くと、「二〇秒以上かかると入院になる」と平然と言う。

放射線被曝を承知の上の特殊な作業で、典型的な使い捨て労働者である。報酬は高額、希望者は多いが、企業秘密に触れるので誰でも採用されるわけではない。被害者が出ると企業の指定する病院に入院させられて、厳重な緘口令(かんこうれい)がしかれ、秘密厳守の交換条件に高額の補償金が出るため、本人も家族も口が堅く、こうした事実が外部に知られることは滅多にないという。

長崎の被爆者がよりによって原発の放射能の中へ命を売りに行く。背すじが寒くなった。生活保護を取ってそんな仕事はやめろと、説得するのに何日もかかった。私は彼の精密検査と健康管理手当の診断書を担当、伊藤直子相談員が生活保護を担当した。一番難儀だったのは、彼に生活保護の受給を納得させることと、被爆者の誇りをもたせることだった。難聴で文字が読めずプライドが高いという難物に、二ヶ月かけて、とうとう、原発ジプシーをやめさせた。

被爆者は権力の不当な抑圧をうけ、沈黙を強いられ、社会から差別されて、家族すべてが被爆事実を隠し、地域の隅で小さくなって生きてきた。私は彼らに「悪いのは原爆とアメリカで、被爆者じゃない。小さくなって生きることなんかない。何か言う者がいたら、私は原爆の被害者だ、どこが悪いと、胸をはって言い返しなさい」と励まし、人権を取り返すことの大事さに気づいてもらい、ともに闘って、支えることが真の援護だと思ってきた。被爆を隠していた患者で、被団協の相談を受け、被爆者健康手帳を取得し、会に入って仲間ができ、明るく活動している被爆者が何人もいる。

被爆者は、原爆については自分の受けた被害とその状況しか知らず、放射線被害については何も知らされていない。相談所で話を聞いて初めて原爆についての客観的な知識を得、自分の相談事も広い視野から見ることが出来るようになる。相談後はほとんどが被爆者として相談前より一段と人間的に成長し、会の活動にも積極的になる者が多かった。また中央相談所の地方講習会の定期開催によって、被団協の地方組織への被爆者の結集がよくなり、組織の強化に貢献したことは衆目の認めるところでもある。

二、内部被曝

ＧＨＱは、「原爆被害は軍事機密であるから、何びとも被害の実際について見たこと、聞いたこと、知ったことを話したり、書いたり、絵にしたり、写真に撮ったりしてはならない。違反したら厳罰に処す」との布告を出して被爆者本人の口を封じ、医学・医療関係者にも、診療以外の調査・研究・記録・学会活動を禁じた。またＡＢＣＣは、治療は一切せずに被爆者を調査研究のためのモルモットにしたあげく、調査資料を公開せずにすべてアメリカへ持ち帰ってしまった。

原爆症の様々な症状を臨床経験から知ってはいても、なぜそうした症状が起こるのか、そのメカニズムと治療法の研究はなかなか進まなかった。それには、このようなアメリカの占領政策が大きな影を落としている。アメリカの圧力に屈した日本政府もまた、社会の底辺で苦しむ被爆者を長期にわたり放置しつづけた。

アメリカ政府の資料隠蔽、情報操作はその後もつづき、一九六八年に国連が発表した「核兵器白書」（当時の国連事務総長ウ・タントの名から「ウ・タント報告」と呼ばれる）では、「死者数両市で六万人」（実際は広島約一四万人、長崎約七万人）、「二次被爆の被害なし」、「生存被爆者はすべて健康」などとされ、広島・長崎問題はすでに終わったことにされていた。この報告の原案は米日両国が共同で書いたとされている。私は一九七五年に「核兵器全面禁止を国連に要請する第一回国民代表団」の一員として国連に行き、初めてこの「白書」の存在を知ったのだが、その後の被爆者たちの直接要請によって国連が従来の姿勢を転換するまで、この国連の「白書」が公的な報告書として認知されていたのである。

アメリカでは今も軍や原子力業界のプロパガンダが浸透し、原爆の残留放射能による被害はないことにされており、大気圏核実験や原子力発電所などから出る放射能の人体への影響も過小評価されている。そのような状況の中でもアメリカには、真実を追求しようとする勇気ある研究者や医師も少数ながら存在する。

アーネスト・J・スターングラス　Ernest J. Sternglass

原爆の爆発後に市内に入った者（いわゆる入市被爆者）の原爆病の発病や、ぶらぶら病症候群という奇妙な症状が、飛散した放射性物質を体内に摂取すること（内部被曝）で起こることを初めて私に教えたのは、アメリカのピッツバーグ大学医学部放射線科のアーネスト・スターングラス教授である。

一九七六年、原水爆実験禁止を国連に要請する第二回国民代表団の一員として渡米した際、ニューヨークの国連プラザのチャーチセンターで、再開された中国の核実験についての教授の講演を聞く機会があった。アメリカの核実験の実施時期と実験場近接地域の乳幼児死亡率のピークが見事に相関することを発見した自身の研究を話していたが、グラフで図示した教授の明快な説明に非常に興味をひかれた。実験で飛散した放射性微粒子が牧場に降り、牧草を食べた牛のミルクを通じて乳幼児が被曝する構図を教えられて、人間の放射線被曝の医学的なメカニズムに近づく入り口に立つことができたのである。

スターングラス教授は、一九七二年にカナダの生物物理学者アブラム・ペトカウが発表した、「液体中にある動物組織に極端に低線量の放射線を長時間照射すると、高線量の放射線を短時間照射するより細胞膜にはるかに大きな生物学的障害を発生させる」という、従来の常識を一八〇度覆す「ペトカウ効果」と呼ばれる画期的な実験結果と革命的な理論を学習し、既存の理論では証明できなかった数多くの事例の原因が、核実験や原発事故等でばらまかれた放射性物質による被曝であることを、理論的に分かりやすく解明してみせた。彼につづいた弟子ともいえる後述の核問題の専門家たちは、すべて、「ペトカウ効果」理論の忠実な信奉者だといえる。

スターングラス教授の講演のあと懇談した時、私の体験手記の英訳と交換に、教授の著書、『Low Level Radiation（低線量放射線）』を頂いた。私はこの本を一九七八年に『死にすぎた赤ん坊』という書名で時事通信社から翻訳出版した。放射能の内部被曝に関する、恐らくわが国での最初の出版物であろう。今は絶版で手に入らないが、教授がその後の知見を加えて出版された『放射性降下物の秘密』（邦訳『赤ん坊をおそう放射能』反原発科学者連合訳、新泉社、一九八二年）があることを紹介しておく。前段の三分の二は私が訳した部分と同じで、後段三分の一に教授のその後の研究が記されている。ちなみに教授はまだ健在で、一昨年来日された際、講演会場でお目にかかった。

ドネル・W・ボードマン　Donnell W.Boardman

ボードマン氏は、アメリカのほとんどの医師が敬遠した多数の核実験による被曝米兵の診療を行い、若い医師のための核実験被害者診療の手引書『RADIATION IMPACT』（一九九一年刊／邦訳『放射線の衝撃――低線量放射線の人間への影響』肥田舜太郎訳・私家版・一九九一年）を書いた貴重な臨床医師である。

私は一九八九年四月、アメリカ、ニューイングランド地方の三〇近い市町村を回って、広島・長崎の被爆の実相を語り歩いた時、ボストン近くのアクトン市にボードマン医師の自宅を訪ね、知遇を得る機会に恵まれた。

私はそれまではボードマン医師のことは、名前はもちろん、核兵器の人間に対する被害について、特に臨床医の立場から深い関心をもつ彼のような医師がアメリカにいることを全く知らなかった。ボストンに着いて、主催者から平和行脚の日程を聞いた時、何日目かに「B医師訪問」という予定を見ても、特別の関心はもたなかった。

彼の方は弟子のスーザン・ランバート女医から私のことを聞いていて、会える日を楽しみにしていたらしい。ランバート女医は、一九八二年に被曝米兵ジョン・スミザーマン氏が埼玉協同病院に入院して精密検査を受けた時、主治医として彼に付き添って病院に滞在し、日本の被爆者医療の実態に触れた、数少ないアメリカの医師である。

快晴の春のある日、アクトン市郊外の草深い居宅で彼と初めて会った。長身、やせ気味で精悍な風貌の学者風の印象で、顔に似合わず気さくに口をきく、親しみ易い医者だった。歳は私と同じくらいか。奥さんがお留守で、私たちのために自分でコーヒーをいれるのももどかしく、早速、話に入った。

主催者から、彼はぶらぶら病に強い関心をもっていると聞いていたので、一九七六年に国連に提出した民医連発行のパンフレット『広島・長崎の原爆被害とその後遺』のコピーを手渡した。彼はその場でパラパラと頁を繰って目を走らせていたが、つと立ち上がると、そのまま厨房に入り、大きな椅子に座り込んで、読み始めた。

私は彼がくれた論文を拾い読みしているうち、ついうとうとして寝てしまった。突然大声がしてハッと目を覚ますと、ボードマン氏がパンフレットを高くかざして大声で叫びながら、踊るような足取りで駆け寄り、いきなり私の首に抱きついた。「探していたことがここに書かれている」と叫ぶ。彼が著書の中に「捉えどころのない患者の訴え」として書いた被曝米兵の主訴が、ぶらぶら病の特徴的な主訴として整理して書かれていることを発見して、よほど嬉しかったらしい。目を輝かせて勢いこむ彼の早口の英語に戸惑いながら、次の訪問地からの迎えの車にせきたてられ、彼の論文を日本語に訳すことを約束して別れを告げた。

帰国後、訳し終えて痛感したことは、これは広島・長崎を体験した日本の医師、医学者こそが書くべきだということだった。「分子レベル」で起こっている放射線障害を「細胞レベル」でしか捉え得ない今日の我々の医学、医療の手の届かなさを謙虚に自認し、被爆（曝）者の苦悩に胸を痛める臨床医の立場で「今日、何をなすべきか」を提起しているボードマン氏の真摯な医療観と診療の姿勢に敬服した。

　残念だが、彼は数年前他界した。

ジェイ・M・グールド　Jay M. Gould

　広島生協病院（広島中央保健生活協同組合総合病院福島生協病院）の斎藤紀医師から、ジェイ・グールド氏の『DEADLY DECEIT（致命的な欺瞞）』（ベンジャミン・A・ゴルドマンとの共著、一九九〇年刊）という横文字の本を送られた。自国の核実験、核施設の事故による放射線被害を隠しつづけたアメリカ政府の実態を、事実を挙げて報告した、非常に有益で真面目な本だった。斎藤医師と半分ずつを約束して訳したのだが、二人のパソコン原稿を、懇意な印刷所に簡易製本してもらって安上がりの本をつくり、斎藤医師が『死にいたる虚構』という書名をつけ、反核平和運動の仲間や友人に実費で配布した（私家版・一九九四年刊）。全部はけてしまって手持ちがなくなっていたのだが、「アヒンサー」という機関紙を発行しているグループの小田美智子、佐藤弓子の両氏が再販させて欲しいと訪ねて来られた。理由を聞くと、「被団協の原爆症認定集団訴訟で最初に勝利した二〇〇八年の大阪高裁の判決文を読み、裁判長が肥田証人の証言の正当さの裏づけに、この二冊の本（『死にいたる虚構』とボードマンの『放射線の衝撃』）の一部を引用しているのを知った。全文を再版して、仲間に読ませたい」と言われた。煩雑な版権の処理は私が解決することにして、喜んで承知し、再版された。三版まで出され、若い人たちの間で盛んに読まれていると聞いている。（『死にいたる虚構』および『放射線の衝撃』は非売品。発行＝ＰＫＯ法「雑則」を広める会、問い合わせ先は巻末奥付に記載）

　グールド氏のこの本の翻訳のあと、私は彼の次の著書『The Enemy Within（内部の敵）』（スターングラスらとの共著、一九九六年刊）を注文して、すぐに訳し始めたのだが、体調を崩したり、身辺の多忙で中断していた。

　一九九八年、アメリカで『HIROSHIMA'S SHADOW（ヒロシマの影）』という五八四頁もの分厚い本が出版され、手許に送られてきた。いわゆるスミソニアン論争から生まれた本で、「アメリカは日本に原爆を落とすべきではなかった」という当時のアメリカの高級軍人、高級官僚、著名な政治家、科学者たち六六名の「今だから言えるが」という証言・告白を集めた文集である。グールド氏の斡旋で私の『広島の消えた日』の抜粋も収録されており、他に大江健三郎氏の「屈服しない人々」、原民喜の「夏の花」、秀子・田村氏（在米の被爆者）の「ヒロシマの思い出」、平岡敬・元広島市長と本島等・元長崎市長の寄稿文なども収められている。そんな縁で、中断していた『The Enemy Within』の翻訳を再開し、友人たちの協力を得て一九九九年に訳し終え、『内部の敵』と題して小部数を自費印刷し、コピーを友人に寄贈した。

　私がこの『内部の敵』を訳した理由には重要な意味がある。一九九〇年にアメリカ政府は、核施設と癌との関係を調査した全三巻からなる報告書を発表した。そこには、白人婦人の乳癌の死亡率が、一九五〇年から一九八九年の四〇年間に、全国平均で二倍になったことが報告されていたが、「核施設に近いことが癌死亡率に有意の影響があるという証拠は発見されなかった」と結論されていた。グールド氏と彼の仲間は、政府の説明につけられた統計資料に巧妙な改ざんがあるのを発見し、疑問をもった。

統計学の大家でもあるグールド氏は、全米五〇州にある三千五十余の郡（州の下の行政単位）の四〇年間の乳癌の死亡率統計を、すべて自分のコンピューターに入力し、乳癌死亡率の上昇郡と下降郡と横ばい郡をひき出した。結果は、上昇郡は一三〇〇余郡、横ばいと下降郡は一七〇〇余郡と分かり、地域差のあることを示していた。

グールド氏のすごいのは、乳癌死亡率を上昇させ得ると考えられるあらゆる要因を精査して、ついに一三〇〇余の全上昇郡に共通の原因の候補を発見したことだ。それは「原子炉からの放射線」だった。原子炉（軍・民とも）から一〇〇マイル（約一六〇キロ）以内の一三〇〇余郡の乳癌死亡者数は上昇し、一〇〇マイル以遠の一七〇〇余の郡は明らかに下降、もしくは横ばいとなっていることを、統計数値によって見事に疫学的に証明してみせたのである。

ちなみに、私はグールド氏を真似て、日本地図の原発所在地にコンパスを立て、半径一〇〇マイルの円を描き、円の中に入る県と、入らない県を見分けようとした。ところが、四十六都道府県（沖縄は原発がなく除外）のすべてが一〇〇マイルの円内に入ってしまい、比較ができなかった。言ってみれば、日本ではすべての県が原発から漏洩する放射性物質の影響を受けているか、全く受けていないかのどちらかなのである。理由は日本の国土がアメリカの広さに比べてあまりにもせま過ぎることにあった。

以上、三人のアメリカの学者から私は放射線、特に低線量放射線の人体に与える影響について、多くのことを学ぶことができた。と同時に彼らもアメリカ政府のＡＢＣＣ報告を基本にした歪められた原爆被害の発表からの誤った認識を、日本の被爆者の被爆の実相から正しく学ぶ機会を得て、感謝していた。体外からの放射線被爆の場合は、放射線量が大きければ大きいほど、その被害は大きい。しかし体内に入った放射性物質からの被曝の場合は、放射線量が小さく照射時間が長いほど、被害が大きい。この、一見常識に反するような「ペトカウ効果」の真理を学ぶことなしに、放射線被害の実相を理解することはできない。（詳しくは私と鎌仲ひとみ氏との共著『内部被曝の脅威』ちくま新書、参照）

三、海外での語り部活動

一九七五年から二〇〇二年までの二八年間に、私は各国の平和団体、個人から招かれて、延べ三七ヶ国、一四七市町村を訪問、約二五〇回講演を行い、テレビ、ラジオでは約二五回放送された。どこの国でも、計画された市町村の集会を回り、広島、長崎の被爆の実相を語って歩くのだが、私は医師ということもあって医療機関や医学者から名指しで招かれることが多かった。

診療の仕事を何度も長期に休んで出かけたのは、原爆の隠されてきた被害、低線量放射線による内部被曝の被害を世界に知らせなければならないという使命感と、それができるのは自分しかいないという自負心からであった。(海外活動の詳細については拙著『ヒロシマ・ナガサキを世界へ』あけび書房、参照)

各国を歩いた印象

私が海外を歩いて感じた共通の印象は、どの国でも広島・長崎の原爆被害の実相はほとんど知られていないということだった。

原爆の破壊力の大きさは知らされていても、大量の人間が爆発と同時に身体を貫いた放射線で血を吐いて惨たらしく殺され、また、飛び散った直径六十億分の一ミリの放射能の粒が体内に入って核分裂をつづけ、放射されるアルファ線、またはベータ線によって、人間を何十年もの間体内から殺しつづけたことは全く知られていない。

それから、アメリカの宣伝がいかに広く行き渡っているかを実感させられた。「日本本土への上陸作戦で犠牲になる大量の連合軍と日本国民の死を防いだ意味で、原爆投下は正しかった」という、原爆を正当化するアメリカの理屈は実に広範に信じられていて、戦後、アメリカの敵になるソ連への威嚇と、日本人を使った放射線兵器の効力を試す人体実験だったという、本命と思われている見方はほとんど伝わっていない。先にグールド氏のところで触れた『HIROSHIMA'S SHADOW(ヒロシマの影)』という本では、このアメリカの宣伝を「広島の神話」として様々な角度から批判・検証しているのだが、残念ながら「原爆投下は正しかった」とする世論は草の根に強固に根づいてしまっている。

また、特に放射線被害を知らないために、「核兵器の使用には反対だが、保有は戦争防止に役立つ」という核抑止論が圧倒的に支持されていることも感じた。核兵器廃絶の最大の敵である抑止論と対抗するには、「核兵器は持っても危険」ということの根拠を「一言で」示さなければならない。その度に大論文を演説するようでは間に合わない。それには、核兵器はつくる、運ぶ、貯蔵するたびに周辺に放射線の内部被曝者をたくさんつくって殺すことを知らせることである。（このことは原発など「核」に関わるすべての施設において全く同じことが言える。）学習が大切であることを力説しておく。核兵器は持つだけなら安全という無知をさらして恥をかくのは、もうやめにしよう。

困った質問

語り部活動をしながらよく困った質問を受けた。以下にその質問と、私の答えを紹介する。

Q１「日本人はアメリカへの復讐を言わないで、二度と被爆者をつくらないため核兵器をなくそうと訴える。なぜ復讐を言わないのか」

❖「西欧ではキリスト教の信者が多く、一神教の影響で、イエスに背くものは殺せと教えられる。日本人は神も仏も、森羅万象、自然のあらゆるものを神として崇め、信心の対照にする多神教民族である。己の神に刃向かう者も敵にはしない。核兵器をみんなでなくそうと訴え、復讐は言わない」と私の持論を述べた。答えになったかどうか、分からない。

Q2「日本は核兵器廃絶を言いながら、なぜアメリカの核兵器を支持するのか」

❖「日本は敗戦後、戦勝国アメリカの占領下におかれ、国の防衛、外交政策の意志を表明する自由をもたなかった。そのため、戦後も多数を占めていた保守勢力が、アメリカの核の傘の下に身をおくことで、特にソ連の脅威から国を守ろうとした。このことは、アメリカ自身の、日本を長く対ソ戦略基地とする占領目的と一致した。ソ連の崩壊後、アメリカが戦略を変え、日本を世界全域に対する基地にする段階で、特に核兵器廃絶の国民世論が高揚している現在、核の傘問題はいたるところで矛盾をはらみ始めている。どのように解決するかは、日本国民の世論だ」と、通訳をなんども確かめて慎重に答えた。

Q3「日本では原爆被害について、なぜ、政府の公式の報告がないのか」

❖これはかねてから私自身の疑問でもあった。「個人的な意見だが、核兵器に対するアメリカの秘密主義のため、日本政府は調査、発表の自由を束縛されていたためと思っている」と答えた。

各国で感じたこと

①西ドイツ

ドイツは冷戦状態のもと、東西ドイツに分割され、東ドイツは共産党政府のもとにソ連軍が駐留し、西ドイツは保主的政府のもとに、アメリカ軍を主流とするNATO軍が駐留していた。東西国境に核兵器をもつNATO軍とソ連軍が対峙して一触即発の危険な状態がつづいていた。そのため、一九七九年の最初の訪独の際に私を招いた西ドイツの平和団体、戦争抵抗者同盟は、各市町村でかなり緊張した集会を組織していた。

私が一番敬服したのは一九八二年、第四回目の西ドイツ行脚の際に出会った、デュイスブルグ市の集会の司会者、エルンスト・シュタインという老活動家である。彼は、「あの戦争で日本はドイツと同じく侵略者として罪を負った。その反省が深ければ深いほど、平和を語る言葉は説得力をもつ。ドイツのアウシュビッツとアメリカの原爆投下は、人間の人権を侵害した人類最大の罪悪だ。ヒバクシャは世界の宝です。出来る限り、長生きして核兵器の罪を語りつづけてください」と閉会のあいさつを結んだ。私は原爆投下がナチスのユダヤ民族抹殺を企んだ大虐殺と並ぶ人権侵害という捉え方に衝撃を受けた。恥ずかしいことだが、新憲法でいう人権という言葉の重みをあまり真剣に受け止めていなかった自分の軽薄さに鉄槌を下された思いがした。

②フランス

フランスでは若者が「民主主義」を理屈でなく、日常行動の中に根づかせていることを学ばされた。一九七九年、高校生のグループが、南フランス全市の高校生に訴えて、日本から被爆者を呼び、授業中に原爆の話を聞こうという運動を始め、私は初めてフランスに招かれた。それは彼らにとって、校長と担任の教師に、授業中に被爆者の話を聞く平和集会の開催を説得する闘いでもあった。

その第一日目は、去年まで革新市長だったが今年保守市長に変わったというセート市であった。右転回は教育界にも波及し、校長の許可は取ったが担任の教師が左右に対立して、賛成した教師のクラスだけで集会が開かれた。私の紹介が終わって映画の上映という段になって、後ろの入り口から突然、たくさんの生徒が入ってきて、「話を聞かせてほしい」という。すると追いかけてきた教師が、「私は許可していない。すぐに帰れ」と大声をあげ、激しいやりとりが始まった。どうなるかと思っていると、生徒会の議長がマイクで、「君たちは集会開催の闘いをしなかった。教師の許可がないのだから、授業に出るべきだ。みんなどう思う」と諮る（はか）と、圧倒的な拍手。あとから来た生徒の代表が「分かった。みんな帰ろう」と素直に引き返した。

映画が終わって私の講演になろうとした時、また先ほどの生徒たちが今度は教師を先頭に入ってきた。教師が、「私は最近まで東ドイツにいた。東ドイツにはソ連軍がいて核兵器を持っている。ドクターはアメリカの核兵器反対だけを話すと聞いた。ソ連の核兵器にも反対しなければ不公平だ。だから私は反対したが、遠い日本から七五歳のドクターが来てくれたのに話を聞かないのは間違っていた。是非聞かせてほしい」という。割れるような拍手で一件落着となった。

胸のすくような裁きである、生徒たちが、みんなで決めたことを正々と行う。身についた民主主義の手際のよさに惚れ惚れした。

③アメリカ

一九七五年と七六年に二度つづけて「核兵器全面禁止を国連に要請する国民代表団」の一員として国連要請のためアメリカへ行ったのが、私の海外活動の始まりだった。

アメリカで原爆被害や核廃絶を訴えることは難しい。最初の訪問の時には石をぶつけられた。

「真珠湾を忘れるな」、「原爆は侵略の報いだ」、「核兵器は人類を救うものだ」というわけである。しかし、集会などで真剣に「人間がこんなふうに死んでいった」という話をすると、聞いた人はみな「アメリカはそんなひどい爆弾を使ったのか」と言って分かってくれる。カリフォルニアのある教会で話した時には、最前列で涙を一杯にためて聞いていた女子高校生がいきなり抱きついてきて頬にキスし、「今日の話を必ず友だちに話す」と約束してくれたのには、深く感激した。

このアメリカ行きで違和感を覚えたことが一つある。それは、平和集会の中で黒人たちが彼らだけでグループをつくり、みんなと交わろうとしなかったことである。ロサンゼルスでホーリー・ニーアが歌って私を泣かせた「ノーモア・ジェノサイド」の一節を、私は今でも思い起こす。

なぜ、戦いの武器だけがつねに新しく
なぜ、戦いの終わりには老人だけが残るのか
なぜ、われわれの軍隊に黒と褐色がこんなに多いのか
彼らだけが黄色い人間をうまく殺せるとでもいうのか
ノーモア　ジェノサイド　ノーモア　ジェノサイド　（肥田訳）

四、おわりに

このたび、旧著『広島の消えた日』の再刊に当たって、私の多岐に亘った戦後の活動を大まかにまとめてみる機会を与えていただき、大変感謝しています。特に被爆者と一緒にすごしてきた医療、相談の仕事を、「人間のいのち」の視点から捉えなおしてみて、被爆者の受けた原爆被害とそれに取り組んだ医師、学者の仕事の位置づけ、被爆者支援、相談活動、被爆問題に対する海外の認識と各国の相違など、私のなかに雑然と並列しておかれていたもろもろの問題が、あるべきところに立体的に収められ、自分の半生をよい、悪いは別にして、客観的に見ることができたように感じています。

最後になりますが、戦後、二度と戦争を行わずと宣言した憲法の下で、「被爆者がどのように生き、どのように死んだか」、「そのいのちに触れて一人の医師が何を教えられたか」を書き加え、新たな命を吹き込まれた本書が、「核を二度と使ってはならない」という認識を世界のすべての人たちが共有するためのささやかな貢献になれば、これに勝る喜びはありません。このような機会を与えてくださった影書房さんに心からの感謝を申し上げて「あとがき」を終わります。

二〇〇九年一二月一七日

肥田舜太郎

●著者略年譜

１９１７年（大正６）　1月1日、銀行員の父・肥田規矩と母・輝子の長男として、広島市段原町に生まれる。

１９２３年　東京の麻布中学校を卒業。この間、父の転勤で大分、東京、横浜、堺、大阪と、小学校3回、中学2回転校。

１９３５年　早稲田第一高等学院建築科に入学するも退学。

１９３９年　日本大学専門部医学科に入学。

１９４２年　在学中に召集され、岐阜の第六八連隊に一兵卒として入隊。幹部候補生として豊橋予備士官学校に在学中、軍命令で陸軍軍医委託生を受験、合格して召集解除となり、母校に帰る。

１９４３年　日大卒業、陸軍軍医学校に入校、軍医見習士官に任官。

１９４４年　陸軍軍医学校卒業、軍医少尉に任官して広島陸軍病院に赴任。

１９４５年　8月6日、原爆被爆。被爆者救援・治療にあたる。厚生省技官に任官され、国立柳井病院に赴任。

１９４６年　病院船でブーゲンビル島の傷病兵を収容。

１９４７年　上京して国立医療労組設立、労働組合運動に専念。

１９４９年　レッド・パージで厚生省技官を馘首される。

１９５０年　東京・杉並区で西荻窪診療所設立。初代所長。

１９５２年　「メーデー事件」に参加。

１９５３年　埼玉県の民主診療所建設運動に協力。埼玉県行田市に移転、行田診療所設立。全日本民主医療機関連合会（全日本民医連）の創立に参加。埼玉民医連を創立、副会長に。

１９５５年　日本共産党から行田市議会議員に立候補して当選。第1回原水爆禁止大会（広島）に参加。全日本民医連理事に就任。行田市議会で被爆者問題を初めて取り上げる。

１９５９年　市議会議員二期目に当選。被爆者の受診増加。医療生活協同組合運動を開始。

1963年　行田市議会議員選挙に共産党から2名立候補して落選。
1964年　警察による不当弾圧を受けた奄美大島診療所の医療支援活動。埼玉民医連センター病院設立のため、浦和市へ移転、浦和民主診療所を設立。埼玉民医連会長に就任。
1973年　埼玉被団協しらさぎ会再建、事務局長に就任。
1975年　核兵器完全禁止を国連に要請する国民代表団に参加して渡米。アーネスト・スターングラス教授に会い、著書『Low Level Radiation（低線量放射線）』を贈られる。非核太平洋会議（オーストラリア）に出席。
1977年　過労で倒れ入院。スターングラスの『Low Level Radiation』を訳し始める。
1978年　埼玉協同病院設立、院長に。中央医療生協理事長。腰椎手術。『Low Level Radiation』を翻訳、『死にすぎた赤ん坊』として時事通信社より出版。
1979年　全日本民医連理事を退任、顧問となる。日本被団協被爆者中央相談所理事長に就任、公式に被爆者の相談活動を始める。埼玉被団協会長に就任。西ドイツ遊説。これより毎年海外活動を続ける。父・規矩老衰で死去（92歳）。
1980年　スウェーデン遊説。
1981年　西ドイツ遊説。
1982年　『広島の消えた日』（日中出版）出版。第2回国連軍縮特別総会で渡米。西独・ボンの30万人デモに参加。46年のビキニ原爆実験で被曝した米兵士ジョン・スミザーマンが来日し、協同病院に入院、治療。グァム訪問。欧州語り部の旅で東西ドイツ、オランダ、イタリア、フランスを訪問。
1983年　埼玉の6医療生協合併、医療生協さいたま結成。医療と健康を守る大衆組織誕生。フランス遊説、国際学連（アテネ）で講演。第3回反核医師会議（ハーグ）、世界平和会議（プラハ）に参加。
1984年　この年、年間の反核平和講演86回（最多）。フランス遊説。
1985年　被爆40周年で核兵器保有国訪問、フランスとソ連を担当。西ドイツ遊説。

１９８６年　埼玉県の原爆慰霊碑を建立。右膝骨折、ギプスで九州講習会で講演。オランダ国際平和大会。
１９８７年　満70歳。イタリア、西ドイツ遊説。
１９８８年　中央相談所の『健康ハンドブック』第1号発行。西ドイツ遊説。
１９８９年　アメリカ遊説中、被曝米兵を診療するドンネル・ボードマン医師を訪問、著書『RADIATION IMPACT（放射線の衝撃）』を贈られる。沖縄で講演中、軽度の脳虚血発作、埼玉協同病院に短期入院。
１９９１年　被団協新聞の企画で大江健三郎氏と対談。『ヒロシマ・ナガサキを世界へ』（あけび書房）を出版。腰痛憎悪、埼玉協同病院に入院。
１９９２年　医療生協理事長辞任、名誉理事長に推薦される。ボードマンの『RADIATION IMPACT』を『放射線の衝撃』として翻訳、自費で印刷し関係者に30冊贈呈。長崎原爆松谷裁判で証人に。
１９９４年　ジェイ・グールド著『DEADLY DECEIT（致命的な欺瞞）』を『死にいたる虚構』として共訳・出版（私家版）。京都・小西裁判で証人に。
１９９５年　しらさぎ会会長辞任。小西裁判反対尋問。
１９９６年　リトアニア遊説。パソコンを始める。
１９９７年　腰痛再発、医療効果なく80歳でプール歩きを始める。
１９９８年　久保医療文化研究所より民主的医療の実践医師として表彰を受け、記念講演。
１９９９年　ハーグ世界平和市民会議で発言。帰路、イギリス数都市を遊説。グールドの『The Enemy Within（内部の敵）』を翻訳、『内部の敵』として自費出版し、無料で配布。
２０００年　アメリカで出版された『HIROSHIMA'S SHADOW（広島の影）』に『広島の消えた日』の一節が掲載される。
２００１年　アメリカ・ハンフォード風下地域の被曝者のトム・ベイリーと知り合う。東(あずま)原爆裁判（東京地裁）で証言。ギリシャ平和会議（アテネ）に出席。『HIROSHIMA'S SHADOW』を部分訳。

2002年　映画監督の鎌仲ひとみ等と渡米、ハンフォードにトムを訪ね、被爆者たちと話し合う。鎌仲監督の映画の登場人物の一人として被写体となる。低線量放射線の有害性を証明する論文に着手。
2003年　鎌仲監督のドキュメンタリー映画『ヒバクシャ　世界の終わりに』完成、全国で上映。論文完成（05年刊の『内部被曝の脅威』に収録）。しらさぎ会会長に再任。
2004年　自分史『ヒロシマを生きのびて』（あけび書房）出版。スイスの医師・ラルフ・グラウプ著『ペトカウ効果』を部分訳、自費出版。
2005年　『内部被曝の脅威』（ちくま新書・鎌仲ひとみとの共著）出版。
2008年　原爆症認定集団訴訟（大阪高裁）判決で、訳書『死にいたる虚構』と『放射線の衝撃』が証拠採用され、本の一部が判決文に引用される。国側がこれまで認めてこなかった低線量内部被曝の影響を、高裁が「事実」として認定した画期的な判決。（判決は確定した）
2009年　3月、医療活動から引退。6月、被団協原爆被爆者中央相談所理事長を退任。
2010年（93歳）　4月、『広島の消えた日』を復刊（影書房）。執筆、翻訳、講演活動を続けている。

著者：肥田 舜太郎（ひだ・しゅんたろう）

1917年、広島市生まれ。1943年、日本大学専門部医学科卒業。1945年８月６日、原爆被爆。直後から被爆者救援・治療にあたり、2009年の引退まで被爆者の診察を続ける。1953年、全日本民主医療機関連合会（全日本民医連）創立に参加。全日本民医連理事、埼玉民医連会長、埼玉協同病院院長、日本被団協原爆被爆者中央相談所理事長などを歴任。1975年以降、欧米を中心に計30数カ国を海外遊説、被爆医師として被爆の実相を語りつつ、核兵器廃絶を訴える。またこの間、アメリカの低線量放射線被曝に関する研究書等を翻訳、普及に努め、内部被曝の脅威を訴え続ける。

著書　『広島の消えた日』（初版：日中出版、1982年）／『ヒロシマ・ナガサキを世界へ』（あけび書房、1991年）／『ヒロシマを生きのびて』（あけび書房、2004年）／『内部被曝の脅威』（鎌仲ひとみとの共著、ちくま新書、2005年）

訳書　『死にすぎた赤ん坊』（Ｅ・Ｊ・スターングラス著、時事通信社、1978年）／『放射線の衝撃』（Ｄ・Ｗ・ボードマン著、自費、1991年／08年よりＰＫＯ法「雑則」を広める会*発行）／『死にいたる虚構』（Ｊ・Ｍ・グールド他著、斎藤紀との共訳、自費、1994年／08年よりＰＫＯ法「雑則」を広める会発行）／『内部の敵』（Ｊ・Ｍ・グールド他著、高草木博らとの共訳、自費、1999年）　＊PKO法「雑則」を広める会＝連絡先 TEL：0422-51-7602（佐藤）、047-395-9727（小田）

広島の消えた日（ひろしまのきえたひ）
――被爆軍医の証言〔増補新版〕

二〇一〇年 三 月三一日　初版第一刷
二〇一一年一一月 五 日　初版第三刷

著　者　肥田舜太郎（ひだしゅんたろう）
発行所　株式会社　影書房
発行者　松本 昌次
〒114-0015　東京都北区中里三―四―五
ヒルサイドハウス一〇一
電　話　〇三（五九〇七）六七五五
ＦＡＸ　〇三（五九〇七）六七五六
E-mail＝kageshobo@ac.auone-net.jp
URL＝http://www.kageshobo.co.jp/
〒振替　〇〇一七〇―四―八五〇七八
本文印刷＝スキルプリネット
装本印刷＝ミサトメディアミックス
製本＝協栄製本

定価　一、七〇〇円＋税

ISBN 978-4-87714-403-6 C0095

平岡 敬著

時代と記憶

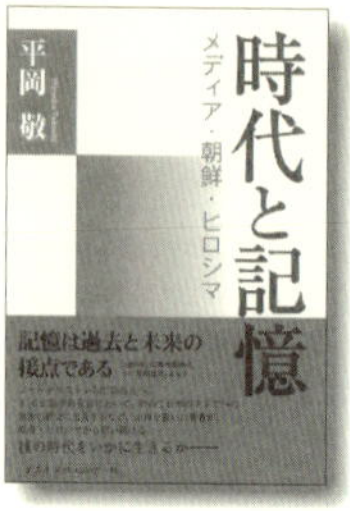

メディア・朝鮮・ヒロシマ声

四六判上製 ３３１頁 ２５００円＋税

「核の時代」をいかに生きるか。日本は戦争責任といかに向き合い、歴史から何を学ぶべきか――ジャーナリスト出身で広島市長を二期つとめた著者が、「3・11」の衝撃も踏まえ、原点・ヒロシマから問いかける半世紀に及ぶ思考の集成。

ISBN978-4-87714-415-9

平岡 敬著

無援の海峡

ヒロシマの声 被爆朝鮮人の声

Ａ５判変形上製 ３０８頁 ２０００円＋税

救援の手が差しのべられないままの韓国人被爆者の声を通して、日本国家の、そして日本人の加害の歴史に対する責任感の欠落を厳しく告発、国家を超克する平和と人権の思想を追求する。元広島市長、新聞記者時代の渾身のルポルタージュ。

ISBN978-4-87714-003-8

四六判並製　１９０頁　１５００円＋税

核開発に反対する会 編

隠して核武装する日本

執筆者：槌田敦、藤田祐幸、井上澄夫、山崎久隆、中嶌哲演、望月彰、渡辺寿子、原田裕史、柳田真

ISBN978-4-87714-376-3

「原子力の平和利用」を隠れ蓑に、日本は核開発を進めていた！なぜ危険かつ破綻の明らかな「もんじゅ」や六ヶ所再処理工場は止まらないのか？　原子力開発＝核兵器開発であることを歴史的・実証的に検証、勢いづく「日本核武装論」に反論を挑む初の本格的論集。

●核武装推進・容認の国会議員リスト収録

鎌仲ひとみ著＋対談：土本典昭

ヒバクシャ

ドキュメンタリー映画の現場から

四六判並製　２３６頁　２２００円＋税

ISBN978-4-87714-347-3

イラク（劣化ウラン弾）―アメリカ（核施設）―日本（広島・長崎）の〝ヒバクシャ〟をつなぎ、低線量内部被曝の脅威を追究したドキュメンタリー映画『ヒバクシャ――世界の終わりに』。映画制作過程を綴ったドキュメントに、『水俣』の土本典昭監督との対談、メディア論、映画シナリオ他を付す。

鎌仲ひとみ 著＋対談：ノーマ・フィールド

六ヶ所村ラプソディー

ドキュメンタリー現在進行形

四六判並製　184頁　1500円＋税

ISBN978-4-87714-389-3

六ヶ所村の核燃再処理工場を問う動きに新風を吹き込んだ映画『六ヶ所村ラプソディー』。反対・推進両者への取材から、原子力推進政策の矛盾を改めて浮き彫りにした映画の製作ドキュメント。ノーマ・フィールド氏との刺激的な対談と、〝6ラプ現象〟を担った四人の市民によるコラムも収録。